以脆弱治金

楊佳嫻私房閱讀集

目次

輯二　伊卡洛斯未死

輯四　我的身體比宇宙略大

推薦序

長輩也是從小長大的

房慧真（作家）

不知道是湯舒雯還是黃崇凱，是誰開始叫起「長輩」，安在佳嫻額上，當時她或許未滿四十？就成了大家的楊長輩。「長輩」當然是句戲謔（首先得容許開得起玩笑），還帶點溫情，長輩習慣照顧人，佳嫻研究、浸染張學日久，行事卻沒有張愛玲的孤冷。在這本新書中，佳嫻提及同齡（一九七八年生）的創作者，別有用情之處，寫吳億偉，開頭就是「第一次知道這個人，是因為參加文學獎輸給他」，敗將報之以瓊琚，不藏私地討論研究所考試，MSN垃圾話熱鬧了吳億偉異國留學的清冷夜晚，有時也正經討論作品，「他總是說：『你看這樣是不是太平淡了？你覺得要不要改？』」長輩不以為煩，繼續陪聊接龍下去。寫同齡且同樣來自高雄前鎮區的詩人騷夏有兩篇，可見其偏愛與共情。一九八九年，騷夏南部的家中仍使用柴灶，洗熱水澡時需要先撕報紙生火，而台北仁愛路圓環第一家誠品已開張，對南部小孩來說，誠品書店「是都市品味生活的象徵物，是她奮力生火而我仍嚼著雜貨店一粒一元足球巧克力時，飛在我們頭上的，另一艘踮腳尖也看不到的方舟。」北漂的長輩後來經常在誠品書店主持演講，挾帶的並非終於取得文壇門票的竊喜，而是在這艘同渡的文學方舟上，「他們至今還在寫，風格都那麼鮮明，靈魂那麼敏感銳利，作為他們的同代人，真是刺激，而且幸福。」

文學場域總少不了勾心鬥角，張愛玲說成名要趁早，卻沒有提到出名隨之而來的暗影。佳嫻成名得早，當年（約莫二十多年前），我是在明日報新聞台四處流連，化名為運詩人的文青，佳嫻「女鯨學園」是眾文青的朝聖地，呼風喚雨引領一代風潮。初次看到「真人」，這個在台北陰鬱多雨的冬天總是披著大紅外套，比我小幾歲的學妹，我居然像見到偶像般地羞怯畏縮。多年後佳嫻在臉書寫，大學時莫名遭同學妒恨，在班上編造她的謠言，搬弄是非，直到佳嫻從政大畢業，換了一間學校，考上台大研究所，妒恨者仍如影隨形緊追不放，張愛玲說的「惶惶的威脅」一直都在，藏在月球的暗面。

侵蝕的暗影無妨佳嫻心器寬宏，成為大家的長輩。在《以脆弱治金》這本文學評論集，首篇〈木馬・唱盤・瑪麗安〉寫楊澤，最末一篇〈向亡靈賒取〉寫John Berger，都是佳嫻文學教養上的最愛，一前一後壓陣，呼應佳嫻二十年前的第一本書《屏息的文明》（二〇〇三），駱駝商隊啟程，保護不被風砂世俗磨損的抒情與文明。

與書名同名的輯一「以脆弱治金」，收錄十二篇詩評。在這個幾乎人人寫詩的年代，佳嫻的上一本詩集已經是十三年前的《少女維特》（二〇一〇），或許是人到哀樂中年，詩興少發，但佳嫻沒有少縫嫁衣，輯一評論馬翊航、波戈拉、李雲顥、楊智傑幾位新生代詩人尤其精采，介紹新人出場，所搭建的舞台，請出的特別嘉賓都是最高等級。〈廢墟天使灰〉請來鯨向海為馬翊航暖場，「馬翊航第一本詩集叫《細軟》恰與鯨向海詩集命名為《大雄》對照。大與細，雄與軟，大雄意在噴發，細軟則善於承受。」開場寥寥幾句，文學史脈絡有之，不同詩風的對照集亦有之。詩評本身也提供意象：「拉開無窮屏風，把自己繡進去，不是金鷓鴣，而是加了框的曠野裡，一支招搖不能過界的蘆葦」，金鷓鴣是宋詞常見的閨怨典故，呼應馬翊航的哀婉，佳嫻把繡房打開，在新世代曠野蘆葦也能是閨怨體，「對傷心人來說，整個宇宙都是幽閨。」除了鯨向海、溫庭筠，還請出詩僧周公，「〈恍惚〉裡寫，『在你的手來不及觸碰到的內裡／已經有了好多細菌』。……周公〈漫成三十三行〉裡同樣手指探入，『藕紅深處，佛手也探不到的／藕孔的心裡／藕絲有多長／人就有多牽挂多死』」，僧與俗，禁慾與色情，潔淨與細菌，反差有多大，正適合最後安可曲登場的大驚喜。新人登場的演場會陣容不可不說超級豪華，充滿高潮。寫馬尼尼為的〈貓啊請摧毀我的罐頭〉請出場的是夏宇的〈魚罐頭〉，「醬所形成的泥淖、所發揮的醃漬功效，才是罐頭滋味的本體；魚罐頭帶來的不是大海的濃縮，而是番茄醬深深滲透到魚的所有層面、取代了大海。那小小的、侷限的番茄醬之海，即是婚姻本身。」婚姻裡凝結的除了番茄醬還有貓砂，佳嫻以馬尼尼為〈送我貓砂〉對舉，從泥濘中爬起，圍城裡突圍，「可以團結汙穢，可以覆蓋異味，可以拍砌為城，可以鋪展出一條想像的沙灘，『騎馬奔向遠方』」。

讀佳嫻的詩評令我甚為享受，因為評論本身即是詩，甚至標題就是詩。〈瓶中織女〉光是題目就是一組意象，「波戈拉寫情詩，像米粒刻字，疼痛感卻近於酸液腐蝕」。

米粒刻字至小，酸液腐蝕至深，纖毫處也能痛入骨髓。書名來自評論李雲顥的〈以脆弱冶金〉，脆弱怎能冶金呢？原來「烏雲金邊裡是隱伏雷電的」。矛盾與張弛還有評論小令的這一句：「詩人懷抱著鐵鏽和碎磚，但步伐像黑色小步舞曲。」楊智傑《野狗與青空》是近幾年廣受討論的傑作，後生可畏，長輩也不吝於給予稱讚，「普通詞彙放對地方竟然煉石升仙。『電桿下／一塊孩提的金箔（〈銀河城〉），一點線頭一片餅乾都貴重』、「有一些句子看來有理而無聊，簡直廢話，特別被詩摘指出來卻宛如符文」。好的評論者是對手也是知音，能夠撐出論理的擂台空間，也能理解至最幽深細微處，〈蜂巢裡的船王〉是詩歌文本細讀的最佳示範，比什麼坊間教科書都好，是詩壇前輩對後輩的珍惜厚愛。佳嫻的詩評無分長幼眾生平等，楊澤的瑪麗安與楊智傑的野狗，天平兩端等重。

佳嫻走上我脫隊的學術道路，經年累月精神耕作，寫序編書生產論文當然是一種勞動，但也可以是精神寄託，或者一股推動的願力。輯三「那不是我城最後一隻白馬」，收錄四篇香港作品的評論，可見佳嫻的香港情結，來自張愛玲《傾城之戀》與佳嫻寫香港戀情的少作《海風野火花》（二〇〇四）。輯四「我的身體比宇宙略大」遍及女性身體與同志書寫，讀來特別可見這幾年隨著台灣通過同婚的時代脈動，佳嫻的社會關懷以評論以及編書（《刺與浪：跨世代台灣同志散文讀本》）的方式一起前進，不落人後。

雲和街巷弄，佳嫻以前住的地方，門前有一棵鳳凰樹，樹幹纏扭如蛇，開花時滿天火焰霞光。前陣子經過，老樹染病蟲害，被齊腰鋸斷，我望之悵然，想起我已搬離的朋友，祝福這本書，也期待她睽違多年的詩歌與散文創作，能再發新芽。

註：題目來自德國導演荷索片名《侏儒也是從小長大的》。

推薦序

識大體的人

陳栢青（作家）

作家寫字都在藏，學者研究要其露。楊佳嫻擅讓內酷外露。

楊佳嫻常幫人寫序，問楊佳嫻喜歡跟怎樣的人來往？她說我喜歡有趣的人。序作為封面翻開後短兵相接的第一張臉，我覺得她給每本書很好的表情。

現實中，楊佳嫻生來就該當《紅樓夢》裡的賈母。我一開始叫她學姊。畢業後叫她長輩。少女老樣子，她就沒有年輕的稱號？太早上位，書展大獎當評審主席，台北詩歌節是策展人兼主持。她出入大場面，老要搞票大的。識大體。坐大位，調兵遣將，審時度勢，能做文學，無事生花，也能幹實事，非常實際，命帶摩羯。當什麼角色都該是太君，全世界的太君都站起來了。《紅樓夢》她就是賈母史太君，四郎探母中是佘太君，她又姓楊，家裡貓都是楊家將，別說撐起台灣文壇半壁江山，搞不好養個貓都能復興大宋朝。

但在文學裡，她又成了《紅樓夢》的警幻仙子。少年不學仙，去寫詩。學術壯年研究散文和小說。引領寶玉領略警幻之夢的秦可卿乳名兼美，嫵媚似寶釵，風流裊娜如黛玉，楊佳嫻可把台灣文學好處佔全了，兼美了。而學術和文學短兵相接最前鋒的結合，就是書序。人愛找她寫序。我倒覺得她寫哪裡只是序，只是這凡是人啊誰都想當回賈玉，誰不愛大姊姊？楊佳嫻作為台灣文壇的大姊姊，文字明豔直接如謝金燕，叫我姐姐。又站在高崗上，管很寬對什麼文類皆有涉略便兼有張惠妹音域之廣，你是我的姊妹你是我的Baby Oh Yeah，誰都能在她的序中感受到被懂得的溫柔，也就是被大姊姊手牽手領略了一次太虛幻境了。

但說到底，那背後的原因恐怕是因為，與其說她寫的是序，其實是隱藏的預言，放在書的最前頭，其實已經看穿了文章，甚至作者的個性。而個性就是命運。她讀書，其實是讀人。看懂個性，也就看透命運。幾篇文章便把作者上下摸的透透的，直指核心——這人擅長什麼，她就該寫什麼——「等到風景都看透」，卻也只是剛好點到。溫柔的提攜。系統的整理，兼有詩一樣的語言，懂得的就懂。她的序就是《紅樓夢》開篇時劇透一樣讓寶玉讀到每個女孩兒最終命運的十二金釵又副冊。

侏儒也是從小長大的，太君也是。楊佳嫻少女時期便愛穿紅。朱紅大衣，夕色漸層連身裙。藕粉外罩。紅天女舞鞋。楊佳嫻像要把色譜上紅色都穿了個遍，初識時她住師大夜市周邊，看她出門像望紅綠燈，夜色一黑，她家門前一株老樹斜，綠蠟春猶卷，紅妝夜未眠，整條雲和街在她推門那刻一盞一盞燈亮起來了。

但想起來我每回見到楊佳嫻又都是素顏，她不太化妝。長年一頭黑髮，多穿白布鞋。穿白運動鞋，所用所持皆明度極低，像要把一切退到背景裡，於是身上的紅就更大塊，紅的這麼蠻橫。

那是不是她在專業領域和生活裡能一直紅的原因？

她是識大體的人。她總知道怎麼凸顯必要的。

寫序的人必須非常識大體。文章成了，有什麼就死了。寫序像上妝，識大體的人才能幫全書畫大體妝。人都喜歡找楊佳嫻寫序，因為大部分人寫序只是在溢美，德不配位，全書最好看只有序。偏是楊佳嫻寫了，音容宛在，能招文章精魄。

讀楊佳嫻的序。能識文章大體。大體是什麼？那是框架。什麼樣的框架去談什麼樣的文章，別人只有一套理論，一種眼光，但楊佳嫻可以一套又多出一套，能說，也敢說。用「異形」論談李雲顥和孫維民的情詩。拉出少女詩學從正宗少女教主夐虹談到少女心男孩鄭聖勳，她的序給了書一個可能的方向。要從哪裡看，怎麼看。被她一說，可看了起來，也更好看了起來。

立框架在於求同。亂中有序。但我最喜歡楊佳嫻序的部份。在於她能區異。

我是這樣感受文學的。對寫作而言，個體如何並不重要。寫得有多好，終究只有寫的那個人知道，好不好，是到不到的問題：寫到了書寫者個人的追求。於是去說你寫得有多好，只是剛好一起到而已。但對文學而言，個體和個體的差異很重要。因為那就是「場」的展開。也就是系譜的構成。台灣文學是從這裡誕生的。

知識到底是什麼？內田樹曾經談到「增廣見聞就是提昇區辨率」。我以為那就是楊式閱讀的技術。楊佳嫻非常知道怎麼比較。「提昇區辨率」。那就是她搭配一身紅的技巧吧。她最會寫什麼該跟什麼比。讓馬翊航《細軟》對上鯨向海《大雄》，一棵開花的樹「佛前求五百年」自然是席慕蓉，但陳牧宏每一棵樹「枯一千年／等一個人」，使榮枯對比，引出詩論，也是楊佳嫻慧眼巧心了。再引蘇珊桑塔格與房慧真比，將朱天心、湯舒雯、川上未映子放作堆，用老楊澤論小楊澤，再用小楊澤論老楊澤，楊澤和楊澤全面內戰……她不停區分，拉A打B，趨虎吞羊，切割之，對照之，去比較，去擠兌，一視同仁，又有分別心，令文學不分大小，卻專講粗細，能識大體，卻精讀細節。通大路，並專抄小巷，用不同的路徑去比較抵達的終點，於是描繪出文學的Google Map。示異。才能釋義。那就是序好看的秘訣。不是因為書好看。而是因為透過差異能找出位置。人們想知道的是位置。在這些位置裡指認星星，自然成了星座。那就是文學天空的存在。

而這份技術的核心，仰賴是楊佳嫻背後知識系譜的龐大。這也是老太君會在那些戲本小說中做的，專點鴛鴦譜。她讓一切有譜。

但這些也只能放在心裡。我們見面什麼都說，就不太說書。但我喜歡聽她談戀愛。聽她講愛情像聽天橋下說書，愛要坦蕩蕩，她愛過禿頭，愛少年，愛中年，愛拘謹，愛放蕩。愛有才，更愛美。她每次愛人都振振有詞，分手都擲地有聲，愛的時候像死掉，沒有愛則雖生猶死，愛情電影被她演成動作片，她在寫詩時blue，在愛情中是blue斯威利。

有幾段感情她愛到卡慘死，寶釵的臉頰瘦出黛玉的顴骨，那是真投入，眼睛都冒出骨頭燐質燒透的青燄來。她越慘的戀愛我越鼓勵，越糟糕的時刻我要她越投入，我是愛的反指標，楊佳嫻戀愛遇到壞人是倒了霉，再跟我訴苦絕對倒了胃。但我還要她打落牙齒顛倒勇。不是想送雞湯，卻想幫她買眉筆。也是畫大體了。就盼著她死。她是大紅色，要用火燒，我希望她成為揮灑烈愛芙烈達。愛要像眉毛一樣濃，一樣粗，非常雜，便用細細的鑷子去拔。拔一根。痛一下。

世界是柴薪。燒的最旺盛的時候，楊佳嫻才是聖女貞德。她只有在文學裡青春。痛的時候永遠年輕。

去談戀愛吧。別替人寫序了。厚積一生，怒發薄發，愛的餘燼豈能分給別人。化成灰，敷成膏蜜服之，就是詩的誕生。楊佳嫻是繆思之神的小女兒，別去當台灣文學的老太君了。希望這本書是絕響。那些得到她序的人也是被神親吻了額頭，太君寵眷的小祖宗。此後但願是一本少一本。且有且珍惜。偷著樂吧你大家。

那我的序便可以作為她序之大業的終結。

輯一

以脆弱冶金

木馬・唱盤・瑪麗安

四十年後，薔薇學派誕生了又一次，經典大碟重發。班雅明筆下的歷史天使，背對著名之為進步的風暴——究竟薔薇仍會被推捲到風暴深處，抑或就此浮盪到遠涯——如同木心寫過的，童年時代好不容易找回又瞬間脫手遺失的，那只青瓷小盌。

我讀楊澤是倒帶式的，曲折的。九十年代後半葉，剛剛離家生活的死大學生，不上課但是專上圖書館與書店，栽進書沼的文學良民，老師也不能說我是壞學生罷（雖然戀愛到昏天黑地以致曾忘了赴考試）。侷促於校園一角，與理髮部毗鄰擁擠的政大書城，背向門口左邊第一櫃，黑背《人生不值得活的》厭世氣息書名瘦瘦立在架上（縮影八百億倍的一個小寫的瘦瘦的：i）；接著找到了洪範專區，《薔薇學派的誕生》正常販售，尚未成為絕版逸品，學詩小子如我，於詩句一知半解外，是挺羨慕「楊牧寫序，羅智成插畫」這等黃金組合；至於較《薔薇》稍晚的《彷彿在君父的城邦》，那是又好幾年後，一位朋友預備拿別人的複印本去複印，順口來問，我也搭上一份，到手時發現影印行自行打字製作的封面「彷彿」變成了「彿彷」，直接坐擁一部倒錯的（偽）「珍」本。

今日詩迷們頗能引用一二的，一半來自《薔薇學派的誕生》，一半來自《人生不值得活的》，前者似更浪漫，風格也紛紜，後者似更踟躕，慵懶，風格其實也未必統一。現實是七八個話匣子同時開唱，何況詩集。主題與風格太整全明確，除了方便怠惰的評論家，我不以為對讀者全是好事。我們總願意看到心愛的詩人能持常，又能新變，新變處有些顛躓也無所謂，總之你知道他還在活動著，而非安於標本。倒著順序往回讀，從中年楊澤到青年楊澤，從不值得活到誕生，一趟班傑明的奇幻旅程，《薔薇》透露的青春志願就更為鮮明。我以為〈在畢加島〉可為全集之鎮魂詩：

瑪麗安，在旋轉旋轉的童年木馬
在旋轉旋轉的唱槽上，我的詩
我的詩如何將無意義的苦難轉化為有意義的犧牲？
我的詩是否只能預言苦難的陰影
並且說，愛……

「瑪麗安」，年輕的小母親，執著而憂愁，綠地遠端垂著頭的雕像；「唱槽」是年輪，漩渦，時間的儀軌，可聯繫至楊澤詩作裡一再出現的唱片意象與歌手清單；「木馬」則永遠懷舊，童年式的昂揚，油彩注定剝落，可是那歡樂常在心中。比起以河流比喻生命，一去不返，顯然楊澤更同意的是，「唱槽」和「木馬」重複旋轉，傷害與時間一點一點滲入，漸次磨損，可是磨損裡也有它的價值；前者壯烈，後者悲涼。雖然悲涼，只要「瑪麗安」不滅，「空中花園」恆存，那就能蓄養舊精魂。

然後，詩人問：「我的詩」是什麼？有何作用？「如何將無意義的苦難轉化為有意義的犧牲」，這並非天真的自信，也非知識分子盲目為內疚感牽引；不管之後能煥發何等意義，苦難都不應該發生，假使發生了，文學不是為了攫取苦難來作為書寫者的良知標章，而是為了銘刻那震動與不忍，喚起同情與思索，幾乎像是一種愛的教育——「愛」被過度使用而俗濫，可是詩人仍全心信賴。

與〈致W.K.L〉（即溫健騮）並置來讀，「由於是雨雪方停的異國清晨／所以我並不知道死亡就埋伏在下一條街的暗角／將你撲殺成午夜最寒的那陣風／所以我不知道你的名字／即使那極可能是我的……」，異國清晨寒冷街角的死亡，無論什麼事件，理由為何，此樁「無意義的苦難」的意義正在於「你」也可能是「我」，故「我」並非單單旁觀；或〈手記．之2〉裡寫「昨夜夢見被黑鷹追殺／在滿布敵意的街道上狂奔／我開槍打死了一個人／啊，無意打死了一個人」，即使「我」分明是「有一顆善良的心」，極端恐懼下，被追殺者與追殺者可能將殊途同歸。如果詩不僅僅「預言苦難的陰影」，還要「站在愛的那一邊」，正需要這一層認識。

楊澤曾以「恨世者」來詮釋魯迅，魯迅以恨為愛，在恨尚未被傾盡之前，還不能輕易談到愛。詩人顯然溫柔得多，空中花園裡敦請瑪麗安擔任警幻仙子。不過，在〈斷片〉這樣的作品裡，還是可以瞥見：

請不要圍觀他人的死吧！冷漠的羣眾請莫要議論紛紛，因為我們同是一樹枯枝上的顫危危的敗葉

犧牲者與看客，自覺者與庸眾，皆為縱貫魯迅文學的命題。然而，不僅批判圍觀者何等麻木，重點在「我們同是」，對於他人危敗處境的更深層理解，亦呼應了〈致W.K.L〉與〈手記．之2〉。還有〈獨臂人之歌〉，它具備一種迴旋的結構：左手刑斫了用槍的右手，落地了的右手反過來刑斫了寫詩的左手，再來則是瘦長孤獨的左手自斫了的寫詩的左手；而當遠方憂傷的空白與零落雁行彼此見證，遠方——

將被一隻瘦長孤獨的
左手翻過來
成為我的戰後詩集的
最後一頁
寫著一頁黑色的無言

沉重的手，受傷的手，變形的手，讓人想起魯迅〈頹敗線的顫動〉結尾「我夢魘了，自己卻知道是因為將手擱在胸脯上了的緣故；我夢中還用盡平生之力，要將這十分沉重的手移開」，更讓人想起商禽〈鴿子〉：「你這工作過而仍要工作的，殺戮過終也要被殺戮的，無辜的手，現在，你是多麼像一隻受傷了的雀鳥，而在暈眩的天空中，有一群鴿子飛過：是成單的還是成雙的呢？」魯迅散文詩裡的手將自我壓入夢魘，商禽散文詩裡的手像威權底下的兵，這「黑色的無言」，是面對黑夜，仍要睜了眼看。

而《薔薇學派的誕生》出版於尋找自我、不滿現實的七十年代，不免也出現革命狂想，如〈車行僻野山區〉所見：

站在雨後樹梢的
純白純白的鷺鷥：
被放逐的叛軍頭子圍在野地密商
指向工廠的、城市的，我的一首詩的叛變

雨後樹梢上圍聚著的鷺鷥們本是田園詩的常客，這裡卻成了叛軍頭子們的會晤。除了承擔愛的教育，詩也具備叛變的潛能。楊牧曾費力詮釋「一首詩的完成」，楊澤卻想問，一首詩如何叛變它自己的年代？於是，〈在臺北〉指出「在臺北，在八億國人的重圍裡」這現實的虛構，〈拜月〉說「我們的年代純屬虛構」，連「我們的愛情」也是「無上的虛構」，分不清是薔薇還是「一朵朵薔薇的幻影在空氣中燃著」（〈薔薇學派的誕生〉）。

末了，還想再說說《新詩十九首》中十分凸顯的浪蕩子情懷，更早之前，或已顯露蹤跡。讀〈拜月〉，「雖然我沒有一個戀人，不曾愛過／我對月的渴慕，我對生命，啊，卻有些激烈的／不負責任的華而不實的想法／——我對死亡的恐懼與瞑想，髣髴／髣髴我曾擁有過一個死去的戀人——一個／死去的愛太過完美以致真實／髣髴，啊，我是一個歷經變遷，經歷死／美文華服，耽樂頹廢的末世詩人」，現在看來有些不著邊際的幻想與氣質，卻顯示了因為青春才可能的浪擲。青春之人渴望「歷經變遷」，衰老即風塵，似乎更具魅力，且率爾將詩與死／美縫在一起，美必有衰亡，而衰亡襯托出美的稀有，二者正如風月寶鑑正反面；曹雪芹早就藉由賈瑞縱慾死去的情節開示讀者，瞥見死亡之恐怖，不見得就醒悟生無須戀，反而會讓那份癡執黏附得更緊，因此耽樂頹廢。詩句沉溺裡，有躁動，也有陰翳，那陰翳就是歷史天使回瞥的眼神。

廢墟天使灰

馬翊航第一本詩集叫《細軟》，恰與鯨向海詩集命名為《大雄》對照。大與細，雄與軟，大雄意在噴發，細軟則善於承受。如果說男性在意的正是要巨大、要陽剛（如同大雄寶殿裡佛祖半袒的巨大胸肌），那麼「細軟」難道意味著「反男性」嗎？

確實，整部《細軟》幽怨語無所不在，幽閨氣氛滿溢，美麗而飽受等待折磨的少婦，被整座宇宙孤立在一扇窗前，調動星河來排列出內在的情思。這種女態，在古典詩歌中常常是男性詩人的面具，此刻，似乎又發揮了同樣功能，可是託寓的並非上下君臣，而是把這陰性姿態真正還給愛情。古代男性詩人以閨怨為面具，申訴的是用與棄，現代詩人在情詩中「名正言順」地閨怨，申訴的，也還是用與棄——權力與選擇，渴望與冷卻，暗自神傷又頻頻回首。對傷心人來說，整個宇宙都是幽閨。

馬翊航同輩詩人詩中，同樣彰顯這類氣象的，還有波戈拉。但是，他們的詩明顯分歧在物象世界的締造。波戈拉的詩視覺效果偏向純粹簡素，馬翊航的詩則斑爛得多。如同羅蘭．巴特所說，戀人變成一架熱情的機器，不斷生產符號，賦予意義，《細軟》物象紛繁，飛鳥游魚，香灰糖粒，盆栽舊衣，顏色附帶質感與重量，箭矢一般接連不懈地射向回憶中的自我。這是記憶與感覺的內戰。因此，這部詩集其實是受難記，受傷的戀人如此自戀，最美的時刻，啊那剝奪削弱衰微之我，為此可以反覆證成，執著如幽靈。

高昂的華美，同時瀕臨崩潰——熟悉台灣現代詩的讀者或聯想起陳克華少年名作〈星球紀事〉，但陳作隱隱仍藏著男性自踞高處、害怕受傷的恐懼，那雄大姿態想要掩蓋的不就是細軟的內在？小馬則在詩中甘心服軟，自揭底細，暫時卸下翅膀，徘徊行吟：

火車駛過鐵線橋
遠方河床上睡滿痛的斷木
時間拆卸下的鱗片，尾羽（〈七月〉）

情詩中自貶即自高，低到地裡，滿嘴塵土，才更襯托愛情偉岸，自我一旦出場，絕不可能完整，破損即命運，破損處即支撐點。借此支點，撐竿一拋，把失侶的戀人從日常生活拋進一處又一處廢墟場景，見識末日玫瑰雨；那是戀人淪落之心與詩人奇想之心疊合，拉開無窮屏風，把自己繡進去，不是金鷓鴣，而是加了框的曠野裡，一支招搖不能過界的蘆葦。

〈負面教材〉開頭就問：「你正在縫合我或拆毀我？」如果是縫合，那就聽〈削薄〉裡遙遠的回答，「用你的身體幫我裁縫／我敏感，歪斜／近乎偽造的絲綢」，如果是拆毀，〈死線〉也給出了反響，「我在廢墟裡／廢墟是世界的心／鋼條穿過我，流出砂石與黑金」。然而，這兩個答案都不完滿。因為敏感，所以縫線容易歪斜，繞過無數小地雷；而廢墟中裸露鋼條，宛如穿心而過，才發現內裡早已塌解。

廢墟天使不僅僅身處廢墟，體腔也如同空洞壁櫥般棲居著自我的分身，〈未雪〉裡說「我的胸中有一尾著涼的雛鳥／用灰黃的翅膀遮蓋自己的雙眼」，如果飛翔，也是為了被所愛之人看見，〈不寐〉裡說「我竟想讓你看見我此夜如此為你不寐／一尾多心的鷸鳥／翻飛在面孔與沙洲之間」。

被看見，被接納，最好能完全消溶於彼處，詩人在這裡的想像極具身體性：

像玉石一樣，堅硬，純淨
在手掌的溫撫裡緩緩貼近主人的膚色
或許就可以頂住你身世裡
草率的語言
千年難再得的時間（〈暗戀〉）

願你幻想我仍是你的菸蒂
在許久未下雨的清晨
被你底呼吸所消滅（〈相逢〉）

玉據說通人之血氣，彼此浸潤，感染生息；更進一步，則是變成菸蒂，借對方的呼吸而燃燒，化為煙與毒深入對方臟腑，而這份深入需要以自身消滅為代價，無法再來一次的愛。當然，不能忽略的是，玉摩娑於手，菸蒂半銜口中，都帶著色情的摩擦。

還有另一種深入的想像——〈恍惚〉裡寫，「在你的手來不及觸碰到的內裡／已經有了好多細菌」。這很驚悚，拿來和周夢蝶比較就知道了。周公〈漫成三十三行〉裡同樣手指探入，「藕紅深處，佛手也探不到的／藕孔的心裡／藕絲有多長／人就有多牽挂多死」，「佛」代表的超越之大力量，和「探入藕孔」、「藕斷絲連」的動作與黏稠感，產生奇異的相左，卻同時讓敏銳讀者不妨同時往執著難破與色情聯翩兩方向想去；馬翊航比較乾脆，「來不及」，意思是本來已經準備好要讓你的手伸進來，伸進來，到最裡面，允許你碰觸內裡，本身就等同愛的恩施，總之，情感中斷，來不及了我的內裡無法永遠清潔空曠等你來觸摸、等你來充滿，「充滿細菌」給人一種玷汙感——棄置之地，被非我非你之物占領——也就是廢墟。

那麼，如〈可能〉裡「開始只是我意外畫下的迷宮／我在腸內，你在宇宙」這樣的想像，又意味著什麼呢？腦或心臟，是現代情詩常寫的器官；肝膽腸則在古典文學中較為常見，肝膽相照，酒入愁腸，極盡開放與深入之事。張愛玲大膽讓小說男女主角腹瀉與便祕，暗喻其愛的失禁與精神的堵塞，與腸胃相關的情節在現代文學中很難優美；具有鮮明唯美傾向的《細軟》，忽然寫到腸子，固然也有百轉千迴之意，卻似乎也暗示著某種等待被碰觸的內裡，又或者說的是：我堅持成為不能被排出的存在，如同宿怨。

與這不能消化的宿怨對質著的，是瀰漫全書的灰，只要時間拉長，萬物莫不化灰。〈繞道〉中寫，「雨中的鴿群。銜著薄金的碎屑就像忘了什麼／遠看起來就像灰」、「手裡緊緊握著碎瓷／白水裡有紅雪花」，灰的種種變形，碎屑、

瓶中織女

波戈拉寫情詩，像米粒刻字，疼痛感卻近於酸液腐蝕。這是他兩部詩集一貫精神。他的愛情王國即使召喚了大場面，「僅此一次的，你喚我／美索不達米亞；瞬間身體內／我感覺兩條河的流經——／我是水的本身」，出之以殿堂、曆法、祭司、歷史、諸神、階級等曠遠詞彙，仍被統攝在「瓶中文明」（收錄於《痛苦的首都》）題目底下；將極大收容在極小之中，而這極大意象與場景本是用來譬喻極深細的物事——鎖藏於心，可被反覆陳述的愛。

在微渺之中格外意識到自身、極力膨脹自身，可稱之為情詩之反差萌，情傷書寫的不二法門，波戈拉是箇中好手。第二部詩集《陰刻》，此一牛角尖在

〈自己的「單」字〉裡的「困」字條底下達到極致：「生命原是瓶般的絕境／死意的培養皿」。而在〈陶器〉裡說「我是你曾／逃離的器皿仍靜等／你的摶製／時間的遺憾、心的雛形」，「我」因為傷害之餘蔭而宛如囚於器中，囚禁之器又誕生於自我糾葛，故器皿即「我」，是形式，也是內容。「我」必得透過傷口才能存在。詩集名稱早已暗示，「陰刻」與「陽刻」相反，不是刻出字圖線條，而是剜為空缺，陷落，覆蓋紙上時，內容以空白彰顯自身。

「陰刻」之陰，不僅以「凹」來「凸」現，亦有指向陰陽雌雄分別之意。如「縫補整個星球的外衣／為我待嫁的衣裾」，甚至出現「假設你是雌而他辭不達意」的小輯名。居於「雌」並非生理，而是一種羅蘭．巴特在《戀人絮語》裡說的，若把感性視為雌性天賦，一個墜入情網的男子也可能呈顯出這種陰性質素，且執著、迷戀自己的這種姿態，同時又感到痛恨、亟欲超拔。因此，戀愛中人無論生理上是雄是雌，傾心投入者都將可能在自我意識中「落居」陰／雌性位置——愛情是墜落，是恐懼被遺落，是自處下風而時時感受到卑微帶來的苦與樂。在波戈拉的詩中至少存在著以下幾個面向的表現。

一方面，詩人模擬古代的女性創作者或古代創作裡的女性，〈秋時觀清照如夢令〉「如果一直沒有人來／也唯有攬鏡／對看，讓瘦削的側影為我舉哀」、「也唯有將剪短的／髮，像受傷的日子般／重新長好、重新讓你附耳傾聽」，本來，多由男性寫作的古典閨怨詩洋溢著「懶」的氣息，由於情人未訪，所以一切都懶待維持，且這是富有展示性的，在兩性規範網絡內，女性等待男性的被動形象具有道德上的正當性。作為生理男性的波戈拉向女性詞人致意，鑲嵌在此一幾乎全然由情傷組成廢墟的詩集裡，擺落道德的隱性網絡，自覺且純粹地打造一激情與封閉的單人劇場；〈對影葬花吟〉「臨室的咳嗽仍持續若干時日，我旁聽／並與她的病史對峙／有時她閉目。／來回踱步，而不忍／輕踏我分瓣的心是血色的孤獨」致意對象指向林黛玉，雖說對影、旁聽、對峙，其實很快將「她」的咳嗽轉向「我」的孤獨，所有的他者都是自我的投影，病史即情史，封閉型愛情寫作的定律，「輕踏」一句節奏感十分曼妙讓人忍不住一再讀出聲音；〈長命女〉則擬作《花間集》裡馮延巳之作，「一願此身無塵，二願春逝無恨／三願冰屑終能念得／淚如溶雪……／溶雪之無痕」；原詩中「長命」前提是「郎君千歲」，接著才是「妾身長健」，如此「長命女」之「長命」方有意義，而波戈拉的詩則願「無塵」、「無根」，當然是情詩必然的違心之論，很快在第三願就出現了眼淚——嘴硬也是情詩必殺技，真正意義在反面——明鏡台根本全是塵埃你看看這全是你的錯！或許就是等待使得時間變成兩倍，三倍，才因此「長命」。

再者，波戈拉也強化「紡織」意象，〈女媧的秘術〉借用盧仝「引日月之針，五星之縷」開展全詩，〈嫘祖的技藝〉上溯女紅始祖，點出愛情作繭自縛同時也是相互穿刺以密縫的過程，〈伐木〉那築巢未果的哀傷（巢的形象不也是一種織品？），〈願〉則再度引用經緯、蠶繭，傳達緜纏無窮、自虐收緊的感受。彷彿好半年才做了一個香袋的黛玉，她的女紅指向唯一的致贈對象，是情感的勞動。波戈拉詩中紡織，紡字為雌／辭，正是宛若回文詩的情感勞動。

另一方面，他以等待、枯萎、棄置，帶出既「怨」且「甘」的滋味，〈如果的清晨〉裡「記得我是那片草地：被輕踐／而誰路經的，那種傷心」、〈紙巾〉裡「是曾輕拭／你已皺褶的／心事，無害的紙張——／為你易染、為你而成廢物／不覺骯髒」、〈靜物〉裡「像一件靜物被擱置經年」且不再擁有「曾經的手觸」故而宣告死亡、〈押「哀」韻的婚歌〉裡「終究你是／遲到了。地表上／終究終究我是無人行至／的小徑慢慢趨向荒蕪」甚至「終究是墓」；「你」的遲到、不到，一再確認「我」是如何委屈，並承認這委屈為宿命。愛人被設定為恆常缺席，方能「激勵」另一方變成負能量磁鐵，這是羅蘭．巴特已經指出的真理：「無時不在的我只有通過與總是不在的你的對峙才顯出意義。」

亦可注意的是，波戈拉的詩前引用相當頻繁，除了中國古典，以及少數男性如孫維民、韓波，以女性占大宗。如瑪格麗特．愛特伍、辛波絲卡、零雨、莒哈絲、奈莉．沙克絲、凱洛．安．達菲、邱妙津等，詩句中則提到過阿赫瑪托娃，可視為詩人將其祕密補綴的學習單翻出一角，對女作家們恆常鍾愛。

瓶中能不能自成宇宙？自嘶鵲橋的織女是否存在？波戈拉《陰刻》即黛玉拊胸走筆向舊帕題詩，絲縷心血，壓倒桃花，而病亦由此萌。

以脆弱冶金

寫作能強，能久，能深，必須有一源源之發動力。

李雲顥寫詩，它的發動力是什麼？不勞讀者迂迴搜尋，《河與童》開頭第一首詩第一句就是「因為失戀」，最淺也最深的理由。如此坦白，卻不從寬，而從緊，給自己穿小鞋，戴上帶咒金箍。雖然詩集裡「我的心」實在強調太多次了，稍嫌濫情，但那是血淋淋捧出來的，我願意將之視為坦誠的美德。情之投注，卻不得允諾與回報，足以使人應聲而斷（軟），卑微自沉，佝僂如蟲豸，亦足以使人變形徘徊，壓抑內爆，上升為大到不行之烏雲，而詩，即是烏雲中逼煉出來的金邊。

這也許是我的偏見：情詩的奧祕在於脆弱，脆弱然而帶電。這同時也是李雲顥寫詩的武器，他以脆弱冶金，烏雲金邊裡是隱伏雷電的。

那麼，如何以脆弱冶金？怎樣將烏雲逼出雷電？我以為李雲顥至少從兩方面著手：一是自居異位，追認異形；二是不哭反笑，以笑聲翻轉態勢。

〈含珠〉裡強調了三次「異」：異人、異物、駭異，正是異質的存在使得珍珠成其可能。〈有天打給你〉裡描寫鼓起勇氣打給愛慕對象，交談間彷彿有塑膠燃燒融化，卡在你我之間——是異物。〈有天打給你（異形篇）〉則直接控訴對方是異形，否則怎能燒穿層層修補好的太空船？既然如此，最好自己也是異形，同類才可以相親，排排坐，吃果果拍成可愛科幻片。〈異形〉一詩是對異形的愛情宣言，沖垮、支解、毀滅，都不能阻擋那意志。〈海夫〉說「我是被／一整個世代拋棄的／棘手的刺魚」，〈欸唷〉裡說「我還要／愛自己的面皰／與貧窮／格格不入／這世界／沒見過世面」，都是以卑微、放棄的姿態，彰顯出異質，不避諱醜怪，且強自攬鏡映照那醜怪，並以這異質釘好屬於自己的位置。

另一位好寫異形的詩人是孫維民。他筆下的異形與寄居的身體共榮共滅，是針鋒之敵，又像親密愛人，是神，病，也是魔鬼。李雲顥的異形也具有以上特質，不過，他的異形更聚焦在愛與愛人，自己則是被吸收、同化、感染的對象，或是指涉自我，認同異物特有的存在感。

再來是笑聲。〈告白〉如此深情款款，願意奉獻一切，供養愛人，可是，下一首就出現了〈告白失敗有人尷尬2〉，以「研究所招生困難」和Spivak的〈*can the subaltern speak?*〉（底層人民可以說話嗎）的唲合一，挪用瓊瑤劇歌詞、夏宇與鯨向海詩句作為美好象徵，而自己所遭遇的，卻是招生困難、無法言說的窘境，「我卻是破／當你是一顆帥氣的泡泡」；更進一步，將「我」與「卻」、「你」與「確」連繫起來，「確」是確實，「你」的品質無可質疑，而「卻」則是轉折、惋惜，因此出現了「你確是世界之總和／我卻只是相機」之類的從屬或對比，「我」始終無法完整納入「你」。詩的結尾，悲傷進行到底，自己反而噗哧苦笑：「你是我的肉　我卻是生鏽嫩肉槌／你是我的菜　我卻是故障果菜榨汁機」。

菜肉刀俎欲望的話題，在〈醜的美德記〉得到延續。這首詩寫愛情不順，老被打槍，自憐自傷的畫面：

非菜的我必須愛惜
愛惜自己的肉（大部分／是贅肉）
我必須比未來的情人更
猴急，熊抱，貓叫春——對自己

面對〈風、流、美〉裡說的「有些／美，真真如小刀迎面飛來／你沒法接招」，李雲顥以自嘲笑聲遮掩早已被恐怖之美震碎的肝脾。〈河童去見洗頭小姐（妹）〉，題目已經夠幽默，詩裡以歌謠般的輕鬆口吻，把水下沖洗的髮流與思潮結合，「流過來流過去／髮流水流意識流／河童的唱反調哦／現在／我好像一個快樂哦／我好像一個放鬆哦／我好像一個風流哦／我好像很帥／很值得被詳細」，那省略掉的、故意跑掉的「端詳」或者「對待」，簡直好像是洗頭小姐

（妹）聽不下去直接按下切歌鍵一樣。在洗頭小姐（妹）的眼睛和手指下，時常被厭棄的那顆頭面得到了罕見的溫柔，進而使詩人產生了也許自己是普魯斯特的幻覺——洗頭小姐（妹）發揮的救贖功能真正蓋高尚。

最後，我想略談一下李雲顥在詩中對於寫作者的看法。貧窮與熱情，往往同時出現，前者當然會使後者承受壓力，熱情也熱得崎嶇。之所以能夠持續，是自卑中有自信，同時也得把身與心都壓進去。因此，毫不意外會讀到這樣的定義，〈詩人〉：

一口一口吞食自己
身軀前後都是反光物
我一邊咬囁一邊朝它凝視
鏡子裡的鏡子裡的鏡子裡……

自食自囓，使人想起魯迅〈墓碣文〉：「……有一遊魂，化為長蛇，口有毒牙。不以囓人，自囓其身，終以隕顛。……」、「……抉心自食，欲知本味。創痛酷烈，本味何能知？」李雲顥是愛詩的遊魂，自我消滅是因為「欲知本味」，這痛切的追尋才能使他在文學世界裡持續生產。在另一首詩〈作家〉：「一輩子只兜售一樣商品的職人／他能體會，神的寂寞」，神何嘗不是一種異形，甚至，是一種癡人——執著過度，難以自遣。〈作家〉這首詩既是鄭愁予〈野店〉「是誰傳下詩人這行業？黃昏裡掛起一盞燈」的尖銳版本，也是木心「明哲與癡心」之說的一種駁詰或補充。

再一次端詳那渴望柔情、渴望被當菜當肉夾去配的詩人，這首〈柔軟武士〉正是他的硬派寫照：

在哀傷中
我雄赳赳氣昂昂

貓啊請摧毀我的罐頭

路經某建築高大的教會，外牆掛有粉紅色廣告旗子，說「媽媽活過來，家就活了」，訴求以宗教力量復甦疲憊女性心靈，重新承擔做媽媽的使命——可是，這使命是誰給的？為什麼女人得承擔（只因為女人擁有能懷孕的身體嗎）？承擔到什麼地步才可以叫做承擔？是否也願意探索使女人疲憊的原因，從生活面到結構面？還是僅僅要求女人重新肯認這一份所謂天賦使命？

馬尼尼為創作豐沛，涵蓋繪本、散文、詩，最新出版《我和那個叫貓的少年睡過了》，是詩人獻給愛貓的詩集，也是詩人意欲逃離妻子、母親、女兒身分，與貓親密共老的廢園幻夢。詩集中數次出現女人與等身大貓共舞的畫面，那隻「真醜令我分心」的美美，「比泥漿還醜」卻讓人油然而生「男人不在的夜晚／和你一起睡完此生」的願望——哦，莫非和《莊子》中的神龜一樣，寧可滾入泥塗（般的貓的懷抱），也比在（婚姻的）廟堂上快活。和貓一樣給人力量的，就只有詩了。藉著貓和詩，拓展出自己的房間。

〈我去樓下寫詩〉中，寫詩的「我」所抵抗的，是「拚命講話」、「要求打掃」、提醒其家庭身分義務的另一個聲音——來自丈夫、母親還是小孩？「樓下」可能指家以外的世界，也可能指家內空間的邊陲地帶。「我」唯一的願望是「請不要毀掉我有翅膀的生活」，憑藉著詩，「在我睡著之前。我都要這樣抬頭挺胸」。〈我們就這樣過了年〉則持續發揮「打掃」這一意象（同時也是真實），過年對女性來說並非休假，而是把頭髮紮起來，「成了一張傭人臉」；在無窮盡的清潔工作中，「我」彷彿感受到女性的血脈，母親，姑姑，外婆，她們也都無窮盡地做過這些事情吧，而小孩則持續地在母親身上塗鴉，弄髒所有已經被清潔過的事物，一年一年都這樣過。題目裡的「過年」，其實也指度過時間，年年歲歲花相似，歲歲年年人不同，不過只要是女人，生活給的操練仍然大同小異。

〈送我貓砂〉是本書傑作，講述女人渴望自由——不是多特別的命題，然而，這個命題仍有一而再、再而三闡述之必要，尤其在「女人」此一身分此一身體仍不斷背負結構化的期待、承擔種種輕賤與屠戮的此刻。更重要的是，馬尼尼為表現手法極為私人化，卻能同時突顯女性之共軛，這「獨」與「眾」的匯通，是寫作者能力的展現。

「送我貓砂／他們挖到了貓砂／那樣蓬勃滴落的／貓砂／那被刺了一個洞的／貓砂的盛年／那貓砂正在覆蓋世界／正在騎馬奔向遠方」，貓砂蓬勃滴落，表示家貓生活豐餘、「生產」旺盛。不過，它不只是貓的必需品，也是「我」的必需品。背負著家庭義務、替人類做各種清潔，令人倦怠，可是替貓清潔，全然出自自由意志，「我全靠貓給我的自由／靠貓給我的銷毀／靠這個銷毀婚戒／靠這個比平常更大聲地膜拜」，因為供養了貓，就等於供養了自己，因為貓，「我」才能在吸貓當中吸到一點空氣，不完全閉鎖於婚戒的禁限。「送我貓砂／趁我們還被牢牢記住／牢牢牽住牢牢地被天使擁抱／趁我們還順從母親順從先生順從孩子／送我貓砂讓我可以用丟棄的貓砂砌一座城」，三個「牢牢」顯示出繫絆之強固，那以貓砂砌成的城，是和母親先生孩子一起團住的圍城，還是在母親丈夫孩子之外的獨我之城？無論哪一種城，它是砂砌的，相對於那些「牢牢」的存在，是否更容易崩解？或者換個角度看，丟棄的貓砂表示用過了，是汙穢的團結物，是否更貼近生活本質？是否通過清理汙穢，使那名為愛的牢更為團結？

夏宇談論婚姻的名作〈魚罐頭〉，詩裡被醬住的魚，牠如何不愉快，或者海其實有多深邃，都不是主題，這個故事「其實是關於番茄醬的」，醬所形成的泥淖、所發揮的醃漬功效，才是罐頭滋味的本體；魚罐頭帶來的不是大海的濃縮，而是番茄醬深深滲透到魚的所有層面、取代了大海。那小小的、侷限的番茄醬之海，即是婚姻本身。鯨向海〈結婚十年的下午等待修理工人不遇〉，則說結婚十年「風平浪靜」可是什麼「都敗壞了」，無聊到螢幕保護程式的魚都懶得跳了，等待修理而工人爽約，住在一幢門打不開燈點不亮的黑房子裡，所有的詩「都隨著馬桶蓋下的神祕洋流沖走了」。罐頭即鐵屋，番茄醬濃稠如黑

假如生活欺騙了你

讀小令的詩集，讓人覺得生活是電鍋裡隔夜的飯菜，潛伏著餿朽的危機，每次打開鍋蓋都像迎向末日。

《日子持續裸體》不免擔心：持續裸體指不防備、一無所有？解放還是放棄？曠達抑或厭世？全書六十七首詩，全為短制，看似閱讀毫無負擔，其實負擔都寫在詩裡。小令寫詩的本領是輕盈，從小規模狂想倏然將地獄帶到面前；輕和小對這個時代來說並非缺點，對寫作來說也不是，尤其這種輕和小是濃縮後的結果。詩人懷抱著鐵鏽和碎磚，但步伐像黑色小步舞曲。

第一首詩〈沒有人會來〉算是相當嚴肅的起始。時間輸送著人，像工廠裡各種規格的罐頭，「領班的口水是知識的精華，接得越多罐頭就越有份量」。夏宇以魚罐頭比喻婚姻，小鐵皮罐裡醬紅色深陷；石田徹也則以包裝方正雷同的人體、對著一整排重複背影注入同樣營養的畫面，比喻現代社會裡的罐頭產製邏輯。罐頭隱喻當代現實，文學藝術上的表現源源不絕，可以牽出一整師的罐頭大軍。倒是詩開頭說「我還在夢裡等待英雄」，結尾則「直到出貨前，我都在等待英雄」——指的是摧毀工廠、中斷輸送帶的英雄？如今摩羅詩人還能擔此重任嗎？

不過，我認為寫情感日常的詩更能見到小令靈光乍迸。〈謝謝〉寫分手，已成過去式的愛人照舊坐在那裡，「你不說話坐在花瓣上／發出的笑聲只有拇指大」，那麼可愛，拘謹，疏遠。〈只有你可以〉銘記心動言語，「那句話像在清晨紗窗上／勾著的一根羽毛」，輕盈之物，更有搔擾意志的能力，讓「我在清晨的窗邊／反覆翻飛」，語言與心，羽毛與人，情感震盪裡融合為一。

死亡陰影無所不在，整部詩集都能反覆讀到對死亡的複寫。〈盆栽人〉「耐心砌好整齊的身體封住根部」且讓「水泥自己去乾」，砌牆人砌埋的不都是自己的恐懼？那裡頭是不是埋著一隻黑貓？〈復活〉寫三個朋友的聚與散，「十多年後也只是想起／沒有人從中復活」，原來是亡靈的記憶。我總以為最絕望是〈談談〉，直接了當，「不是繩子斷／就是脖子斷」，任何一種逃亡路線都比不上繩子來得清楚漂亮，因為「還在身體裡」所以逃不了；有這樣的身體，所以受制於這樣的命運，「女孩走了／新人立刻遞補上來／摸摸我的脖子」，不合常模的愛欲既是繩子，也是脖子。

小令還特別能寫時間如何作用於人。比如〈雨一直說我一直動〉：

在屋子裡踱步。雨說了很多，說了很久。
我成了它的鐘會走會凍會長垢。

雨代表了一種綿長凝固、去時間化的狀態，反而人變成了雨的鐘，人身上才看到時間，通過人的狀態才能讀取雨的沖刷，那些存垢正是生命風化剝落的角質。還有〈囚徒〉結尾，寫得太好：

你站上跑步機，像八十八年的老凍頂，汗如孟婆湯澆淋。
那時你八歲，還不懂許願，還看不見鏡子，跑了幾十年也只跑進鏡子裡。
後面吹來的冷氣，都是死掉的風。

童年，不懂許願也看不見鏡子的年紀，換言之，即尚未意識到命運、尚未浮出不可能的渴望、尚未把自己當作物那樣審視，然而，長大似乎只是「跑進鏡子裡」，知道更多可能與不可能，知道虛構與現實。如果能永遠保留記憶，細節都以同等強度貯存，也許十八歲也像八十八歲？老凍頂般的身心，和孟婆湯給予的舒緩，忘記啊是多麼讓人期待的事。死掉的風吹拂著，冷氣底下沒有新鮮事。

死亡是時間的中止，鏡子是空間的複製——我們並沒有因此停下記憶，也沒有因此就能夠讓好事無限增加。

回到電鍋和飯菜來看，小令在詩集中寫了好幾次進食或食物，烹調與飲食仍是穩定關係（家園構成）的象徵。〈冬至落雨〉就寫熱湯圓，那些湯圓生機勃勃「像錦鯉要把自己擠出魚池」，你是芝麻，我是花生，——同在一鍋裡，可見是同命了，卻還得「各自咬破」（要寫血書嗎）來「一起過冬」，啊，難道這沸騰與擁擠，都將消散為寒夜裡的幻沫？就像「卡布的奶泡一樣大笑完後塌陷」（〈果醬與屑屑〉）。詩裡，小令一次又一次擺出即將灰敗的盛宴。

假如生活欺騙了我，罐頭是欺騙，鏡子是欺騙，愛情是欺騙，只有脖子和繩子真真切切提醒你活著是怎麼一回事。

註：題目取自普希金詩作題名。

永無止境的鬼故事

讀詩，讀一種看世界的方式，也讀詩人看到了什麼樣的世界。這聽起來簡直廢話，放在隱匿第五本詩集《永無止境的現在》，倒不是胡說；她曾長久地站在二樓書店陽台看向底下川流嘈鬧的淡水觀光人群，她曾目睹親水的好世界如何被迫侵占水的領地。在隱匿的視野中，遠一點可以看見山稜，鳥穿越霧如做夢那樣地飛，河水尋常灰綠，遇到陽光時卻金妝佛身；近一點，可以看見消滅了招潮蟹與濕泥岸的延伸地，樹木孱弱搖擺，垃圾隨手擱置，與人類饕餮的面孔。

隱匿讓我們看到一切醜陋乃至瘋狂，每個人類都有分，所有渾然的美之所以跌落，每個人類都有分。那些醜陋，那麼普通，卻無法驅除；那些美，也那麼平常，卻隨便就遮蔽。

這樣的省思在全書第一首詩〈位置〉、第二首詩〈地盤〉已經昭示。〈位置〉提到，站得更高，似乎是人類的普遍願望，然而，提高了視野很可能只讓人更清楚看見路中間狗正拉屎；木心早有幽默箴言，說「鶴立雞群」並非好景觀，豈非要同時看到許多雞嗎！然而，當那些看似不如普通人類的殘疾者與動物，都發展出極其敏銳、勝過普通人類的能力時，詩人自問：我有什麼？我能如何？〈地盤〉則更為尖銳地說明了所謂文明之發展，即為自身加上重重枷鎖，並掠奪其他物種的地盤，因此，「渡輪業者、漁民和水警／也在河面上規劃行進路線／讓不信神的人類／也能在水面上行走」——應合了孫維民所寫，「奮力抓住這一根浮木：／白色、橢圓形、10mg」，浮木是為了讓自己不淹溺，「但你知道，主／我其實渴望在水面行走」（〈吃藥的時候〉），兩種水面行走的渴望，出發點並不相同。

隱匿詩絕少出現委宛迴行或驚人的意象。她也從不像流行的厭世詩（〈原因〉裡說過了，「我討厭最近流行的厭世詩／也討厭始終沒退流行的／心靈雞湯」），用已被寫過一萬次的意象重複傳達可方便擷取的情緒，或單憑一個看似機智的文字遊戲來表示正義。當然，也讀不到道德制高的俯視，或因為自咎而對所謂底層盲目追捧。她的詩最大魅力，來自把具強烈反身性的思考表達出來誠實、精確，既有清明的批判與無奈，也有不後悔的愛。

人們常說這種詩語言平實，靠近生活。其實，語言平實更容易暴露思想貧瘠，靠近生活也根本是濫俗的贊語了，畢竟，生活那麼多種，你說的靠近生活是哪種呢？還是只有其中一種算生活，其他的都不算生活？詩有千種，情感與生活也有多面，不需要獨尊，以這一種碾壓另一種。任何被獨尊的美學與形式都容易陳腐。政治正確是最容易的事（當然，寫出無創造力的美也一樣容易），口號化的、簡化的道德判斷不該充當詩的標準。隱匿寫詩，不刻意與這些沾親帶故，她從個人的價值與經驗出發，走她的獨木橋。

《永無止境的現在》的核心即「永無止境」，多首詩不斷傳達自由之不可得，禁錮之難開解，而個人，包括自己，竟仍尷尬待在這永無止境、重複生發的牢籠裡。〈社會關係〉寫道，從燦爛地方脫身而出，回頭看才發現只是一座魚缸，「大海總有盡頭／宇宙可能也有／這座魚缸可沒有」。「止境」即邊界，詩人發現社會關係牽制一切，一個人走得再遠，也不過籠鳥檻猿。永無止境的還包括〈候診室〉中寫的病人與女人，他們的處境是忍耐即美德，就算忍不住了，把無止境的厭煩與疼痛叫喊出來了，也不等於可以加速開到邊界，因為，還在醫院／社會叫號的行列中啊，還沒叫到妳呢。

延續關於止境、邊界的思索，全書最打動我的，是〈邊界的外面〉。為了保有合理生存範疇，動植物恪守無形然而近乎本能的邊界；為了能更清晰地敘述權利與權力的份量，人類訂立邊界，派兵戍守，或逾越邊界，彰顯雄大。我們可能為了邊界受侵犯而憤怒（瘟豬一再海漂而來），也可能因為目睹邊界而感動（網路瘋傳的樹冠避羞圖）。在隱匿這首詩裡，困惑於「宇宙邊界」的小孩，想知道邊界外面還有什麼；小孩夢見邊界上矗立著糖果屋，那是不是象徵著獎賞呢？於是努力品學兼優，可是仍滿懷心事——因為走到邊界，才有糖果屋，糖果屋之外，顯然還有下一個邊界。他的問題沒有得到解答。

這名易感的小孩有一天弄丟了註冊費，一道邊界立刻逼臨，試著跨過去，離家出走，「經過了許多憂鬱的芭樂園／割人的芒草叢／朱槿花一層又一層／捲合起來的／祕密的深紅／小孩子的／五分熟的心」，形象具體又神祕，五分熟的心啊，已經知道憂鬱，知道藏匿，卻還沒有能力想像邊界以外。尤其一個小孩的生活邊界，那麼近，可能就是村鎮旁「蚊蚋糾纏不休的大圳溝」。後來，挨了一頓打，慢慢長大了。童年離家出走到長大，跳接省略了許多細節，但讀者可憑想像彌補——走進真正的，割人的芒草叢了吧？看清楚邊界，或者，踩上更多看不見的邊界，遭遇到地雷了吧？〈故鄉鬼故事〉可視為這首詩的續集：返鄉即聊齋，景觀已然更新，童年與當下斷裂，文弱書生醒來發現，「所有的故人和鄰居／校園裡的菩提樹／市場裡的乾麵和肉圓／全都化成了／一座墳場」，沒有荒煙，沒有餘韻，太陽底下告訴你人間現實就是鬼故事。

蜂巢裡的船王

夜晚在陽台讀《野狗與青空》。街廓閃電歪斜，野狗駐足樹下似有所為，鄰居機車流星逼近然後隨便停。這尋常景象可視為一生中的一天，尤里西斯生命之旅來到盆地邊角，過一天也像洞視了一生，「我們就像香灰一樣漂起／在雙腳／搆不著地的塵世，變輕、變亮／明白一切的悲哀」（〈艋舺〉），曾有過的快樂不會再降臨第二次，焚燒過了，投胎為詩，身上還沾著冥河的油。

楊智傑在這部詩集中充分展現想像之為術與力，夭矯騰空，勝過不少前輩與同輩，以文字鑄新感官世界，輕靈而不顯刻意，優美與鮮銳兼具，斷句與意象頗見奇突，卻能一洗俗調。從感覺出發，可以不墜泥坑，首先倚賴的是才分高，自信強，大膽使空白現身，再來是不畏懼讓意義靠後，讓說教靠後，讓有所為而為終於流於陳腔的政治正確寫作靠後；前一項使他的詩免於濫情，後一項使他的詩免於躁淺，於是「我們在與人間相仿的時流上空飛」（〈北門〉）。

綜觀全書，並無任何困難詞，普通詞彙放對地方竟然煉石升仙。「電桿下／一塊孩提的金箔」（〈銀河城〉），一點線頭一片餅乾屑都貴重；「雲，在傍晚有更多展覽品堆積——」（〈北門〉），雲原來如此富有；「所有撲向我的床單裡／屬你最輕微」（〈靠近〉），生命中不可承受之輕。

有一些句子看來有理而無聊，簡直廢話，特別被詩摘指出來卻宛如符文，「小蜂巢有較小的陰影／世界面積較大，卻並無澄黃的透明」（〈幸福的年歲〉），蜂巢如果小，陰影當然小，然而小有什麼不好呢，蜂巢之外的世界不過是比較大的隔間，且無能貯藏與分泌；我們都需要最小最小的隔間，縝密地替心事分區，百蜜孔穴，等候凝結滴落。另一首詩〈照相術〉中，詩人指稱「心是剛剛擁有彩色的底片」，「心」和「底片」的連結，在現代詩中並不出奇，可是，「剛剛擁有彩色」使這個普通譬喻透出光輝，底片可以「擁有」彩色嗎？更進一步，

「我指著你說：／這是剛擁有彩色的時候」，亦即「你」正是色彩的來源，「你」改變了我看見與記憶的世界，我擁有彩色，其實是我擁有你，表情何等曲折。

而所謂詩作為精緻文類，能抵達什麼程度呢？從以下這句詩來看。「菌類的聽覺：山谷優雅擴張。」（〈紅葉〉）菌類形狀像缽盤，承接雨和光，有類耳朵。因此詩人說菌類有聽覺，它們的聽覺裡山谷是擴張狀態，從方寸菌缽朝外探去，藉著所聽編織山谷形貌，聽得越多，想得越大。這簡單的一句詩中，是從具體的視覺（菌類形狀）到想像的聽覺，再從想像的聽覺到具體與想像兼有的視覺。「死亡即船王／收養了懼溺的小孩」（〈謎〉）也是極佳的證據，「死亡」和「船王」固然讀出聲音來就有簡單複沓之美，也利用了冥河擺渡之類的神話視景，「船王」比起「擺渡人」要宏大得多，不知道詩人是不是傑克船長（Capital Jack Sparrow）的粉絲：「收養」乃神來之筆，溺水是恐怖的，如何解決這種恐怖呢，一是獲救，二是死去，死亡大船裝滿了懼溺小孩，不受時間表控制的娃娃車，永無止境的現在。

最後我想談一談〈黑暗中的音樂〉。詩名或者來自柏格曼電影 *Music in*

Darkness，也可能來自鴻鴻年少時代的詩集。無論如何，無光使空間沉浸於黑牛奶，感官膠著等待刺破的剎那，音樂因此可能使人脆弱，也可能成為懸崖邊的欄索。以此為詩，必須詮釋黑暗與音樂的關係：

一字、一句。希望有蛋殼的金輝
卵黃上
卻密布著黑點

昨日的月暈，十年前的雨水
永不能理解的
離開了
就不能換回更好的

一生一刻，聽不見了。水底暗色的金子

靜靜發怒的閃電
怕黑的盲人
一生揣心中的小手電筒

卵黃上黑點密布，朽敗的種子，視覺效果強烈。黑點是什麼呢？就是昨日的、十年前的，永不能理解且無法更換的那些。黑點也是遮蔽嗎？聽不見了可是我曾經聽見，我知道黝暗裡的微芒，以及與它們類似的一切。盲人怕黑，實際上不需要燈，卻關不掉內心的小手電筒，「揣」字用得真確，小心翼翼，深恐金子，閃電，月暈，雨水，也都將消融在黑暗裡，再也打撈不出。最後，詩人寫，跳著走著轉著的瞽者，「他走向自身的小舞池邊邊」，小電筒光追隨著，像錯誤的舞台效果，有誰正看著嗎？嗤笑那謹小慎微——是過去尚未目盲的自己？

忍不住又想起坐擁著小陰影的小蜂巢，小電筒光慢慢舔舐過小舞池，甚至，還有「她靈魂是窮人小桌／稿紙飛散，徹夜複印一模一樣的大海」（〈地風街〉）。

死亡的大船是在打轉還是在航行呢?窮人小桌邊邊,排列著不忍心摘除的蟲殼,那是時間最豐盛的展覽品,風穿過去啞啞乾乾地響著,「其實我感覺這些受苦的人/也受限地愛著」(〈夜行列車〉)。

露餡，等待爆炸

雄壯威武，是為了襲擊青春還是保護青春？偷偷露餡，是害怕被人發現還是超想被人發現？陳牧宏第三部詩集《眾神與野獸》，兼具雄壯的張揚與露餡的猥褻，召喚同志者「都可以全部放進來／轟轟烈烈爆炸」，即使這世界充滿惡意，地雷，鐵蒺藜，「來不及找到／適合的曠野和星空／只能先射」，溫熱發自深處，證實不可抹滅的存在。

精神科醫師，而且寫詩——難免，會讓人想到遙遠大前輩王浩威、神祕小前輩鯨向海，和同儕阿布。不過，陳牧宏的意象偏好與關懷面向，我認為更靠近鯨向海，而詩中纖細的觸覺，又與同輩創作者波戈拉可以等量齊觀。再者，這部詩集裡再三向文學前行者或共行者們致意，直接挑明了的，包括周夢蝶三次、零雨兩次、夏宇兩次、林則良兩次，許悔之、木心、達瑞、曾淦賢、鯨向海等各引用一次，也大致可看出他涉足、嚮往的詩國河圖。不過，未曾標出的，不代表不存在，例如讀到〈水手日記〉裡這幾句：

每一棵樹／站在街角／枯一千年／等一個人／多元成家

此處意象明顯借自情詩媽祖席慕蓉。一棵開花的樹，虔誠到幾乎成佛地等待著，陳牧宏援以呼應當代性別運動，等待不是為了在最美麗的時刻遇見，而是為了能突破異性戀男女結合才等於成家的主流認知框架，「再也不是／別人的婚禮」。在〈醉夢三夜〉和「花神祭」序曲詩裡，也可以捕捉到一點點商禽指紋，「午夜／眾靈／小聚／有菸／很嗨／缺一／夢和黎明未到」、「時間的鋒芒漸露／莢果裡的幽靈／夢或者黎明及其他男人／赤裸裸浩蕩進來」，尤其黎明與夢的意象遍布全書，入夢與渴望黎明，宛如同一個願望的前後身。

那麼，陳牧宏個人鍾情的譜詩法門又是什麼呢？我以為明顯可見者有二。第一是通過物件持續並列來造景、造境，間中以一二動詞提振。最典型的例子就是〈矢車菊〉：「銀河和天空／蛺蝶與男孩／召喚出全部的／流星和煙火／黑蜜與精液／城市沙漠火口湖／芭蕉葉麻竹葉蘆草／矢車菊的臉／舌頭胸膛和肚臍／認真接住。」十行段落中包含了十八個物件和兩個動詞，物件與物件之間的關聯幾乎得憑藉讀者以結構星座般的想像力來補上；當然，從流星以降到矢車菊之間全部物件，都可以當作身體意象來解讀，「召喚」和「接住」則提示了色情之完成。第二則是排比句，小規模者不計，規模顯明者如〈阿勃勒〉一律以「億萬」為起頭排比七個句子成一段，〈把你弄髒〉以「弄髒我」為固定句尾連續排比六句，或〈十年〉四段中有三段以「兩個人」一詞為核心連續排比等等，均製造出不可忽略的量體，詞彙反覆成為線或鏈，縛住即將散開如竹片的身心，變成可供懷抱誦讀的簡書。

《眾神與野獸》裡還可發現詩人愛用的兩組動詞，血脈相通：

1. 露出／裂開

想露餡，那一定有什麼裂開。露出與裂開不一定存在於同一首詩，可是它們在詩集裡不同山頭呼應。

餡是為了引誘人等不及地吃掉，可以是蜜，也可以是傷，如〈我知道寂寞〉「想哭的時候／需要更多更多祕密／一同被說出來／花園裡鬱金香花綻開／露出傷口來／認真流血」；傷總聯繫著過去，露出過去，亦即露出共有的命運或特殊氣息，〈誰和誰躺下一起不核——致跳出去的〉「在飲酒過量的客廳／翻牆過愈來愈脆弱的心防／先承認的就會裂開」，曖昧如果是兵法，先承認的雖然先裂開，其實是開了門，門裡有狗或有心，或有大波斯菊（本書最常出現的植物），誰知道呢？正如〈我知道寂寞〉裡寫的，「想哭的時候／需要更多更多祕密／一同被說出來／花園裡鬱金香花綻開／露出傷口來／認真流血」，認真地露出，花園才可能成形。

2. 射出／爆炸

動詞「射」在本書中出現了二十餘次，射中射偏射出射進噴射發射，詩人像進化的后羿，不只射太陽，也射他喜愛與不滿、憐憫與渴望之物。

這個動詞攻擊性強烈，既可以是瞄準什麼然後奮力抵達，也可以是一種迫不及待，把自己盡情給出去，因此它是色情的，也是癡心的——如〈冬日一個旅人——致父親們〉裡說「想約他受傷／和他交換手槍／一起射」，展現強大的信任；或〈讓你受傷〉裡許願「眼神中的子彈／射穿你玻璃的心／會碎掉吧！／喘息裡的流星／墜落在你的硬木板床」。而我最喜歡的，則是未逮的射擊，〈井底〉如此壓抑，在「酒漢逢乾零」的雙關與倒反中，「一直很忍耐／只有滲出／少少的星星／沒有射／出太陽來。」蓄積是為了爆炸，色情的祕訣就是不斷延後，延後，才能孕育出〈我知道寂寞〉的恍然大悟——「爆炸過後才真正發現／裡面這麼柔軟這麼燙」。

眾神雄壯威武，但有時候也想偷偷露餡，探出小獸的野蕊。就算生而為獸，在某些瞬刻，恍惚升高，靈犀找到了凹陷，也能靠近眾神之境吧。

當自己的禁衛軍

「少女」——誠然，文學中並不罕見。這個詞彙凝縮了一切勇敢與羞怯、純真與任性；彷彿最沒有威脅性，因為尚未涉入現實、不曾握有權柄，也最具迷惑力，脆弱就是引誘。魯迅〈上海的少女〉早已寫好訴狀：「在招搖，也在固守，在羅致，也在抵禦，像一切異性的親人，也像一切異性的敵人，她在喜歡，也正在惱怒。」

台灣戰後現代詩裡，少女如何幽怨，沒有人寫得比敻虹更好了，「為什麼人潮，如果有方向／都是朝著分散的方向／為什麼萬燈謝盡，流光流不來你」。若論幽怨裡還有俏皮，發揮「少女」力量到極致的，捨方娥真其誰呢？她的詩集就叫《娥眉賦》，散文集就叫《日子正當少女》，少女唯我獨尊，氣勢如一朵花野蠻，心如粉紅藺，「你看我的兩頰嘛／你看我纖瘦的衣／你看你看，所有的可憐都姓方／你就知道我有多委屈了」。

男性評論者一般不大看得起這類詩，以為小女兒語，期盼少女長大了就會寫更深刻的事物；議題當道，人人得攬個正確標籤在身上，怕幽怨，怕嬌橫，怕被人以為作者離地三萬呎。踮腳尖轉圈圈，極端自我戲劇化，少女和自己抗戰。這種心境與情感表演，不當為女性獨有，而是陷溺者常貌，也許女性寫作者束縛更少一些，可以大方表現，男性寫作者則似乎較難袒露。

因此，鄭聖勳詩集《少女詩篇》特別有意義。它涉及以下面向：第一，生理男性作者以自述口吻寫詩，自命少女，再四強調；第二，生理與心理層面的性別化寫作，以女性（刻板？）氣質與女性身體特質為喻；第三，少女不等於純潔，少女之所以可愛正在於早熟，浮想連緜，往色情方向滑落。

〈嚼蠟〉裡，第一句寫「重慶的辣椒比蠟燭多」，除了辣／蠟同音的小趣味、艷紅辛熱的共性，在過往文學意象系統裡，蠟燭也縫入了「燭淚」帶來的傷痛形象，而辣椒則可能把人辣出眼淚來。接著，詩人說，「所以這裡的夜很暗」，上承蠟燭相對少的預設，下啟「只有你／發著光」。吃過愛人做的晚餐後，一切都退遠了，只有愛人浮凸如雕塑，和廝守般的高濃度氣氛，然後花癡文現身：

「就不和你們一起愛台灣，
我要嫁到塞外
去演風中奇緣了」
心中不禁翩翩然地想

遠嫁塞外（和番？）的中國古代美人故事，如何與《風中奇緣》相連？我因此猜想詩人在這裡指的不是迪士尼動畫，而是以西漢時期為背景、涉及西域想像的中國同名電視劇。無論如何，遠嫁塞外的情節通常是無奈的，這裡卻能使人「翩翩然」，把異族之間混雜著政治意味的故事（無論是和番，或歸漢）改寫為癡情與奔赴。更有意思的是，這一連串幻想是在「不和你們一起愛台灣」的前提下，意即，敘述者意識到愛情與國族認同之糾結，也意識到尷尬兩岸關係中，「愛台灣」高懸如絕對道德命令。然而，言情與武俠小說裡，不都歌頌甘願追隨異族情人、背叛父兄的女子嗎，詩人在此也彷彿帶有諷刺與玩笑性質地，利用了這個熟濫的模式。

為了愛犧牲一切，看似言情俗套，其實完全得看放在什麼脈絡下。在另一首詩〈吝嗇〉中，說為愛人留了糖果，把愛人之間尋常小事上升到神聖的高度——「該是要奉獻給你的／給德雷莎或證嚴法師／我都小氣得很」，「奉獻」，宗教化的私人愛，且這份熱愛的位置遠遠高於聖人般的宗教領袖。還有〈粉紅色〉，「我總是很薄情／我總是很膚淺／無法在意太多／諸如食用油、環保、服貿／或者愛不愛台灣。／我是少女」，違背正確口號，違背社運動員時強化的命運連帶，偏偏擺出一副淺薄姿態。鄭聖勳這類詩作，大逆不道地踩下宗教與政治，看似複寫「萬般皆下品，唯有愛情高」的天真套路，放在當前文化政治狀態裡來讀，卻有干犯之勇。

《少女詩篇》裡的執著小劇場固然內傷，馳騁粉紅幻夢卻也帶來撫慰。其幻想不只踩落神聖事物，還入侵其他親密關係領域。例如〈我不會照顧自己〉：

或者跟你
回到南極，
如果你是企鵝
如果我是你的小孩
就可以在你短短的胯下
被孵

張愛玲《小團圓》名句，「所有能發生的關係都要發生」，照顧與依戀總讓人想起親子關係，「如果我是你的小孩」就可以在你的體溫裡「被孵」。台灣當前所謂「護家」、「愛家」之類團體，極力護持最狹窄的家庭想像，欠缺想像力與包容心之下，其最不待見的，即是其他種類親密關係「竊據」所謂「正常」

親密關係的名號與位置，無論那是婚姻，或者親子。

可惜的是，這批詩作更靠近紀錄、排遣、嬌嗔的「絮語」，換言之，其目的不是文學，而是被愛情浸泡到浮脹的自我（雖然這放蕩姿態讓人欣賞），許多詩作均可見過度閒散、鬆弛而導致的敗筆。如〈徒勞的病〉，寫感冒而仍然上台講課，帶著鼻音，斷斷續續透過麥克風迴盪教室，性感到令自己臉紅。遺憾那性感聲音未被愛人聽見，「白白叫春了三個小時／卻一聲嬌喘都沒有讓你聽到／不過少女不會放棄」。寫到這裡，恰恰就定格在少女自嗔，暗中堅定心志，一定要當面叫春。不過，末尾居然還冒出兩行，「回到公寓後想藉著聊天叫給你聽／但看到你之後就真的好多了」，變成了聊天訊息結尾，霎時墜入平庸。

少女心如金殿深處脆弱美麗之物，渴望誰瞥見它，停留腳步；禁衛軍發現了，忠誠地驅趕，使命在身令他激動。然而，露濕綻放的深花，牆頭馬上之人，以及撲克臉但其實內裡柔軟痛惜的守衛，其實三位一體，均是少女心幻化出來的演員。打開《少女詩篇》，就像打開仔細摺疊的鏡面舞台。

一、怒女天問

〈天問〉開頭，詰問近乎呼號：「遂古之初，誰傳道之？上下未形，何由考之？」假如要開解個人困境，層層往上追溯，則人所託生、事與情所依憑的天地（空間）與古今（時間），就成為最大也最基本的謎。而做為一個女性寫作者，當她的身體與心靈在各種大小關係中衝撞受傷，她也要敲一敲，問一問，循著那日漸長大起來的黑暗往裡走，想知道痛楚源自何處。

因此，《愛的進化史》裡可以讀到〈後花園群像〉這樣的組詩。這組詩的水平不一定整齊，名單卻耐人尋味；歷數馬克白夫人、豌豆公主、奧菲莉亞、白雪公主、簡愛、安娜・卡列尼娜、包法利夫人、紫式部、祥林嫂、公孫大娘、林黛玉，最後歸結在遊園驚夢的杜麗娘。「後花園」相對於正式廳堂，既是家內，又偷渡了天光雲影蓬勃生機，正好成為社會僵固禮教律法之外的自由天地，多少情色愛欲在此完成；同時，也意味著這些來自神話、童話、文學的女性，藏在男人寫成的大寫歷史背後，卻自成星球。可是，她們的故事充滿了挫折，誤解，死亡。詩人最後發出了屬於女性的天問：何以女人除了漂亮還得負責裸露？何以薪酬較低還得時時反省家庭與事業無法平衡？何以同時得柔弱又得出生入死？

在另一首寫得更好的詩〈露天溫泉〉裡，詩人也成為後花園一分子：

我不再羞恥於身為女人。繼續做不知恨為何物的白痴。
潔淨是相對的。完成與未完成也是。
在溫泉中的我總是更靠近天堂，用絲瓜絡擦洗宇宙巨大的骯髒。

只有浸入溫泉，女人才能與自己的身體獨處，皺褶不為了誰開放，「男人的視線終於不值一提」；不再背負忍耐、慈愛的重擔，可以恨，可以恣意擦洗那日復一日累積在內的汙垢，還她本來面目。或者〈大同世界〉：

我多想把自己碾成粉末，進入大氣最隱密的內部
無須再像一對花燭

為愛瑟縮，東歪西倒
來生成為一尾鱔魚
幼時為雌，生殖一次，再轉變為雄
完成自身的終極探討

大同世界裡，存異更重要還是求同？女人呢，她的異處是否可取？詩裡說願意成為粉末，散入大氣而無所不在，最低微但是最普遍；不願成為花燭，非得成雙成對，只有自燃一途，不是流血就是垂淚，在宿命裡柔軟然後空無；最後是渴望同時體驗雌與雄，無分上下高低，最完整的生命——這是否離大同更進一步？

二、黑暗姊妹

詢問女人的命運，同時也詢問愛的真諦。《小團圓》裡張愛玲寫過一個魔幻場景——

他坐了一會站起來，微笑著拉著她一隻手往床前走去，兩人的手臂拉成一條直線。在黯淡的燈光裡，她忽然看見有五六個女人連頭裹在回教或是古希臘服裝裡，只是個昏黑的剪影，一個跟著一個，走在他們前面。她知道是他從前的女人，但是恐怖中也有點什麼地方使她比較安心，彷彿加入了人群的行列。

女主角九莉不能接受情人邵之雍失禁般的愛情狩獵，可是，在幻視裡，彷彿自己也和那些女人列入同個隊伍，成為男人的所有物，幽靈似的，證成他尾大不掉的男子氣概。她和他從前的女人締結影子姐妹。

《愛的進化史》裡幾首詩討論愛的邊界，也具有上述小說情節的力道，例如〈愛都的羅賓遜太太〉：

看到活著

就是對徬徨的無盡汲取

看到他看著我
就像
看著千百個過路的陌生裸女
在愛河中永恆地竹籃打水

竹籃打水如同薛西弗斯推石頭上山一樣，都是徒勞。那無數的、接踵而來、在我身後的陌生裸女隊伍——愛河裡的工人，都是不求回報的嗎？無盡的汲取，以為滿了，探頭一看卻空蕩蕩的，愛的勞動被異化了，還是被取消了？生命本身在哪裡偷偷藏了裂縫？

寫得更為顯豁的，是〈九月九日憶黑衣姐妹〉。看看這詩句，「可以愛他／像愛國一樣盲目」——愛國是怎麼一回事呢，甘迺迪的政治金句說得很清楚，「不要問國家可以為你做什麼，你應該要問自己可以為國家做什麼」——國家至上，愛情至上，盲目意味著忽視回報的犧牲姿態，啊悲慘的英雄。要問，只能問自己，「你——可——以——為——愛——犧——牲——多——少——／

走——得——多——遠——？」這呼喊像出征前的遺言。而姐妹形象再次出現，「我的姐妹不曾減少」、「所有影子穿著黑衣／回到他們應在的位置」，遍插茱萸少一人，總有人脫隊求生。

最後，可以再回到〈大同世界〉：

大同世界裡我不用再當一隻母狗
為占有而不斷決鬥，決鬥
不再躺在夾娃娃的機器中
渴望一根搖杆
不再廉價，不再為硬幣或誓言感動

這才是真正的大同世界，女人不必非得等待、苦痛，以婚姻來標價，不必以被欲望來證明自身完整。她不必占有誰正如誰也不能宣稱占有她，她不是夾娃娃機器裡萬千相同面孔裡的一員，不渴望誰來把她釣起，殺剮，食用，或僅僅就是擺在房間裡成為布景。她不需要。女人不需要。如果愛進化了，這才是值得珍貴的文明。

註：題目取自袁紹珊詩作〈裸體野餐〉。

掀開無照駕駛的身體，掀開一顆真心

《瀕危動物》上一版於二〇〇九年面世，包含情欲大膽寫作（不單單在女／同志範疇）、家庭深邃探索（以女／同志立場），所涉事與象、感覺和思辨，都是從生活之流濃縮提取，日常，又異樣。那時候的台灣，致力於出版女同志文學的集合出版社早已存在多時，同志諮詢熱線撰寫的《出櫃停看聽：同志子女必讀寶典》已出版兩年，邱妙津、陳雪、張亦絢、張娟芬也早已受文壇承認、獲讀者熱愛——但是，在現代詩裡，仍然稀見。騷夏詩作開風氣之先、之強，可見一斑。

她寫下愛人之手怎樣在黏稠壁上作畫、超速照相罰單竟然是唯一合照、開孔的地方都很害怕與思念，早就成為女同志社群文學金句大典中鑲鑽的幾頁。十餘年後，《瀕危動物》加上近作「一刻詩」輯六首詩，改頭換面，與讀者重新見面，或者，和更多年輕的讀者，初次相晤。此時此刻，跨國同婚在台灣剛剛成真（中國伴侶除外），《同志詩選》也已成冊（即使該書未能有效突出重要台灣創作者的位置）。以昔年作品映照近作，騷夏詩裡的氣息似乎從突刺轉向沉緩，這與年歲歷程有關，也與心境有關，不變的則是那股探索女女洞穴結繩文明的執著。

首先要問：為什麼要把家庭題材和女女情欲寫在同一本書裡？同性戀不具直接生產後代的可能，在「繼往開來」的「神聖」任務上容易遭受攻擊，也最難如願；而過去在汙名境況中，無論法律承認與否，組成一個可「面世」的家庭也備受阻撓。《孽子》從同性戀者被逐出家門開始，《逆女》最大的情意結即來自逃家與成家，中山可穗《愛之國》描繪異性戀法西斯地，能生育的親密關係才被國家承認，看似幻想，其實早就發生。

再者，雜糅陽剛氣質的女同志可能被視為「假男人」，致使自詡為「真男人」者想教訓／導她們。實際上，正是因為其跨越界線、曖昧游移的性別表現，質疑社會型錄男女二分（異性戀家庭的預設）的簡陋，是女人（當然），又以溢出女人來證成女人（那重瓣宇宙宛如電影），乃至〈作者論〉裡所說「你為我張腿／你將我產出」，性愛裡我們是彼此的母親。

全書第一首詩〈據實以報〉裡就說了，「不斷有年紀尚小的父親／犯了一個翹小指頭的錯誤／招惹來其他父親／爭先恐後要為他擺渡／如何讓不馴的女兒脫胎換骨／團圓飯的時間總是十分冗長」，女兒「不馴」之處尚未清晰（稍後掀開），而「父親」永遠不是孤立運作，他（們）參照著結構中其他位置相似的人，彼此模仿、支援。

第二首詩〈時間之父〉則端出《瀕危動物》重要象徵，「那條有魔術的白色大布要不要再拿出來遮一下？」白布哪裡來的？遮女兒的不馴處就好像女兒即是家庭的私處？但女兒仍然許不馴的願：「可否讓我也正大光明的掀開一位和我同國的新娘？」和我同國，哪一國呢？

這條白色大布，於第一則〈掀開〉裡也現身了，「親愛的父親　我把你掀開／多數的時候　你像是一個羞澀的新娘」。「掀開」，揭起頭紗、直面世界，故以新娘為喻，且不限性別，他她它牠祂被蓋起來，因為自發或他者的力量而突然現身。這首詩敘述了「掀開」讓動物可以呼吸、逃離死亡命運的故事，聯繫到父親與他的父親（掀開看見死體），以及父親擔憂女兒（掀開棉被確認女兒未被動物的死亡擊倒），「掀開」，也是解放，是死，也是生。

女兒同樣掀開了〈舊島電話〉中由小島至大島、從少女變成新娘的母親，並且探問，沒有成為新娘或母親的女人們，會變成孤鬼嗎？「親愛的麻麻　我極有可能變成被海鯨吞下之人／如果我就是那種野靈魂／如果我勇敢的切開了鯨魚之腹　讓自己回來／親愛的麻麻　那妳敢不敢幫濕冷腥臭的我開門」，驅逐於家的、異性戀律法之外的野靈魂，以其禁止被現身、無法被歸位而宛如白布掩蓋，如果母親願意開門，也等於願意掀開蓋在女兒身上的白布。

家庭之後，第二則〈掀開〉再度提醒讀者注意那條白色大布，「掀開其實沒那麼難／我活生生瞪著那些圍在我身邊的人」，白布下的「我」是「活生生的」，可不是什麼遙遠的標本哪。於是，女兒決定先下手為強，「人人都給我噓聲說這破壞遊戲規則／沒有自己掀開自己的新娘」，「新娘」為什麼需要等人決定呢，世界應該看到我！「我要以真面目示人　我不再是誰的新娘／或許　我們可以一起／一起掀開什麼　什麼　什麼」。

力作〈瀕危動物〉，詩名與騷夏散文集《上不了的諾亞方舟》共通，世界末日時因為不能歸入公母、無法生育後代，上不了方舟，才是真正瀕危啊。這巨大的組詩可說是女兒的掀開史。第八則掀開一點，「今天我使勁扭曲身體／今天可能以一個球的形狀出現嗎？／今天可能是紅橙黃綠／今天可以是性別的模糊　像一張濕透的紙」，誰說身體的一切只能遵循既有規範呢？紙張濕透了，可以黏貼泡開揉塑。〈瀕危動物〉第二十則掀開更多：

親愛的，沒有什麼好說的，如果我那麼討厭妳
那我就不會煩惱給妳一個外國名

妳很愛嗎？其實妳很愛對不對？
妳也可以給我一個男生的名字，掩人耳目
但這樣事情會變得更複雜了一點
反正我們真正的國家也不是我們誕生的現在
我們皆從異國而來，異曲同工、異途同歸，隱名埋
性，公平交易

花名、代號，一個便利於隔開苦澀現實的稱呼，目的是為了不被掀開。異性戀社會對於同志來說，無異於異國，然而，為了戀愛不被打擾（事實上也只是延後而已），仍需假裝成異國人。什麼時候我們才能誕生在那個無分同異的愛之國呢？隱去名字，埋藏真正的欲望，巨大汙名網取消我們的存在，白布無所不在。因為懼怕粗暴的掀開，甚至自行把白布拉嚴。

但是，我們仍要記得〈瀕危動物〉裡同時存在的樂觀，第四十七則說，「我們無照駕駛的身體／有一種莽撞的快樂」，無照怎麼駕駛身體？駕照由誰來

輯二　伊卡洛斯未死

我這樣一個記者》，也在人權、環保主題的相關書籍中發現她的身影。有一段時間，她總風塵僕僕，沉浸高雄石化業的深度探訪之中，偶然我們碰面，她即說起那個身為高雄人的我並不熟悉的高雄，犧牲體系中怎樣馴化地方與人。

回到散文作者身分，《草莓與灰燼》有台北生活觀察，有旅次上的細觀與瞻望，有書，有電影，有採訪工作迴身後的私人感想，有大災難裡的人。無論是哪一種，都包含著房慧真最關注的核心，那一個個「裸命」，用她的話來說，「剝奪殆盡，柔脆可折」，被系統驅逐，被人性從人性中推落。追索「裸命」的過程，需要知識，需要情感，需要按住那自我保護的、想掉過頭去的本能，也同樣需要想像。也就是約翰．伯格（John Berger）寫過的，從某些攝影師為紅十字會收容所移民與難民拍攝的照片，「我們可以領會一個男人的手指如何成為某塊小耕地的唯一遺痕，他的手掌如何殘存著某處河床，而他的雙眼又如何是一場他無法出席的家庭聚會」（《留住一切親愛的》）。這樣的想像力揭示了一種可能——這柔脆可折之人，他（們）原先也和某些人、某個地點與空間、某種生活樣態和從中滋長出來的平靜快樂縫合在一起，他被剝除的，離我們並不遠，最重要是通過想像將彼此聯繫在一起，那想像不是硬作解人，不是濫情，而是一個普通人想像另一個普通人應有的生活。

正因為房慧真寫作基礎不是建立在浪漫自我，而建立在對外世界的同情共感，蘇珊・桑塔格（Susan Sontag）提倡的「非自傳想像的勇氣」，遂貫串於全書，也聯繫了她的文學寫作與報導寫作。

兜轉於台北城內，她在散文中細數居家附近小吃攤和攤主臉孔身形，帶著小貓歹命同活的遊民，收撿紙箱空瓶轉賣零錢度日的老婦，收容鰥寡孤獨的地方廉價公寓中流轉眾生相，觀察到流浪漢特別珍惜塑膠袋，隨手可拾的永恆，「不會分解、腐蝕、消亡，不像生命、感情、光陰」。這看上去像是寫作者自以為是的想像，但我以為並不超譯，人與物怎樣接連，映照哪種盼望與失落，怎樣從細節中考現宇宙，自為寫作者本分。

如果踏上旅途，不管是為了工作還是為了甦散身心，眼光都還是不由自主地注意到那些烈陽炙烤著、等待一點點機會拚命要抓住的乞討者、小販，那些遠離大城市難與國際接軌的偏僻鄉鎮道路上的緩慢車行，顛簸裡嘔吐，和紛繁花色氣味挨擠著，挨擠著，車窗外跑著的動物，枯長著的樹，這世界既空曠又黏稠。

書裡也寫到自家身世。特別多次寫及印尼來的父親，熱帶長大，卻得在潮濕陰鬱的小島盆城中拚搏，視英文為絕佳掩護，也期待女兒拋棄中文，學他以英文贏得尊敬。然而，膚色或口音，還是洩漏了父親的底色嗎？在中文閱讀與寫作中托身的女兒，從閱讀與印尼相對親近的馬華文學去揣想父親硬殼底下的軟泥質。這部分房慧真寫出了一份近乎疼痛的袒露。

同時，曾在媒體工作，也從媒體中獲取資訊，她對於線上社會如何以語言文字踐踏圍攻有所警惕。正因為寫作者是善用文字之人，更需要時時掂量著不要以此傷人。在速來速往、大大小小系統包裹日常的今日，怎樣不成為傀儡？怎樣不以做傀儡而高興？房慧真繞遠路從納粹歷史中尋找映照，試圖理解嘈雜背後的運作，這符合她的志趣，她並不陷溺於當下。

我還想談談此書中屢見的意象或典故，「果陀」。其實「果陀」在原作《等待果陀》中是一個空幻之物，等待沒有結果，果陀根本沒有來。針對此劇，產生了各式各樣解釋、延伸、改作，果陀或許象徵著上帝、死亡、希望，甚至可能意指社會本身，或暗示著局外人的命運。而在《草莓與灰燼》，〈底層的珍珠〉大雨中等待紙箱不來的婦人，〈你需要粗工嗎〉噴漆牆上的電話號碼，〈阿萊莎〉正瞻望著來客、無法言語的小說家，〈等待果陀〉新德里蹲踞市集裡等待烙餅鋪施捨的乞者，〈煙花〉老少女們逐月沃養著卵子的子宮，全都在等待著果陀。這個意象遍布於不同的主題，也許正是一則恆長的寓言，人世處境之本質。荒漠未必有甘泉。就拿那些等待著烙餅的人們來說吧，文中雖然寫「那餅在深褐色的手裡感覺特別白，男人的臉黯淡著，手中捧著的餅像月盤，會發光似地，一點微光暫時照亮了前程」，可這微光卻像天上掉落的餅屑，一天一點點，逐日逐餐地蹲踞著仰望，等待果陀竟成了日常。

全書最後一篇是寫車諾比核輻射外洩事件的〈大象腿〉，災難降臨的瞬刻如同魔幻奇觀，最惡可能最美，在美當中人們卻飛散、破損。犧牲五十萬人的健康而掩埋起來的核廠廢墟並非真的完全靜止，仍在地底下凝聚，穿透，宛如科幻片場景般的琉璃地獄。這災難之所以擴大，追根究柢，卻來自極權底下養

騰飛於沼澤之上

張愛玲中學時代回答校刊對畢業生的調查，在「最恨」一欄答「有才華的女子忽然結了婚」，而當代則有書名曰「文藝女青年這種病，生個孩子就好了」，二者在讀書圈內均傳誦甚廣。看似衝突，其實一體兩面。

婚家制度將親密關係綁得更緊，在法律見證下，擘劃一個彼此支持實現的遠景，不離不棄，努力達成，「我做的一切都是為了這個家」，台詞耳熟能詳，用於賺人熱淚，也用於情緒勒索。李安苦熬成功、妻子默默支持，幾乎成了婚姻故事典範。網路上轉貼「過去的人，東西壞了會想要修補，而非直接丟棄，所以也不輕易離婚」之類警句，相反共存，則有各種「靠北老公／老婆」線上社團內人人苦勸「快逃啊」、「放生吧」。

我們是否可能深愛孩子同時厭倦母職、渴望親密關係而同時厭倦妻職？稱之為「職」，並非可領薪資，而更是來自於其作為以家庭為主要場域、但與社會共構合謀的身分，具有身體與法律門檻，包含了期待與框限、理想化與浪漫化。女性作家筆下往往能看到亟欲逃離母職或妻職、或在母職與妻職中輾轉掙扎的女性，我想起蕭颯〈我兒漢生〉中面對兒子頻繁短線暴走，仍試圖一次次理性溝通，自我說服應該放手應該支持卻看不到盡頭的母親，或賴香吟〈靜到突然〉裡，面對丈夫理性冷靜解釋面孔，卻不由自主失控叫喊出聲彷彿更證實了失職的妻子。

詹明信（Fredric Jameson）曾指出第三世界那些看似個人的文本，都應該當作國族寓言（National allegory）來閱讀；而李欣倫散文新著《原來你什麼都不想要》，看似抒發個人在婚姻、家族、妻職與母職裡的遭遇，同樣能當作女人在社會一切處境的寓言。全書開篇〈之後〉，先鉤沉記憶，那些曾向母親、父親悲訴的女人們，滿腹苦水、心身不寧，眼看著男人們奔向虛擬金城、百折不回，一生積聚瞬間崩散，劫灰滾滾，腳下軟陷；傾訴還不夠，佐以藥物，七天藥往往五天就吃完，再多的藥也壓不住，症狀永遠是腸胃、感冒、胸悶。模糊故事飄進成長中的女兒耳裡眼裡，多少年後有一日乍然醒覺，自己也正長期服用著胃腸、感冒、胸悶的藥物，驅動著虛擬金城一座一座浮現的「時代巨輪」（多麼熟濫的詞！）也正捲動自己的家庭，從前是股票萬點的激狂，現在改頭換面，進化了，細緻了，巧妙命名的投資機會，佐以哲思雞湯、新創名詞，徹底改造三觀，接近新興宗教般的經營方式，一旦掉進邏輯迴圈，也與虔誠教徒無異。

童年時代聽見的故事，彷彿前世記憶。西班牙片《安娜床上之島》（*Chaotic Ana*），主角安娜在心理學家催眠協助下，回溯了好幾個前世，每一世在不同的文化與人生中，都包含了女性在父權社會中的緊張、受迫、質疑與反抗，這些經驗也頻繁聯繫到身體，親暱、疼痛、狂喜、排泄……。導演顯然有意通過魔幻手法，讓安娜來象徵「女性」整體，《原來你什麼都不想要》則是過份寫實，逼近時並不把鏡頭轉走，也不以隱喻或蒙太奇來削弱日常裡的殘酷。

讀者可以狡獪，所寫太讓人不堪、不適，隨時闔上紙頁，跳出網頁。寫故事，當然也有無數方法可以既留白又有寓意。可是，就生活在書中處境裡的人呢？《原來你什麼都不想要》揭開婚姻困境、家屋劇場，多麼普通！（錢的問題這麼傷人嗎？不是說有情飲水飽嗎？）又多麼糾纏！（你怎麼能不支持伴侶的夢想？尤其當夢想已經成了信仰？）因此〈洞與缺口〉終於遞出燙口問句：「混亂的現在如何通往他口中鍍金的未來？」

而身為寫作者和文學教師，我們也孰悉敘事之可能與可為——那不是課堂上的命題嗎？那不是行銷上的手腕嗎？那不是討論詐騙事件時的切入點嗎？時代巨輪耕耘瘋長而出的致富祕笈裡，李欣倫為我們整理好了敘事模式：「三件事，十個步驟，五個地雷，七個問題，六張藍圖，一個原則。連續十天。早睡早起。專注呼吸。勇於說不。承認恐懼。擁抱自己。迎向未來。」有一天發現就掉進這樣的深井裡。信仰究竟是單純還是邪惡？也許越容易專注的人越可能掉進去。

《原來你什麼都不想要》乃沼澤之書，仍有溫暖透明的時刻。比如〈水面下〉，陪女兒學游泳，看她顛躓到悠游，從膽怯到克服，向母親投去渴望認同的眼神，母女一體的感覺特別強；另一方面，選購泳衣，小女生已經知道如何反駁母親，對花色表達個人意見。但是，欣倫不打算把文章就停在母女的小情懷上，她追溯得再更深一些，關於哭：啼哭不止的孩子，疲憊無助的大人，不耐譴責的旁人，哭聲曾保證了孩子剛出生時多麼康健有力，卻逐漸變成隨身家事，尚未社會化的孩子想哭就哭，這是終將失效的特權。文內將「解決辦法」收束在「傾聽與理解」——覺得老生常談嗎？——欣倫提出，「開明」同時也是難題：拒絕採取「我不理你」或打罵控制來應對孩子哭泣，撐出那個可以讓孩子認識自我情緒的空間，母親得承擔更高的情緒勞動，和不請自來的指點。成長和教養，從來不專屬於親子，也緊密鑲嵌在親族與公共目光交織的網絡裡。

同樣也鑲嵌在親族與公共目光交織裡的，還有寫作這件事。〈戰慄遊戲〉所描述的，幾乎就是寫作者噩夢中最貼身的一件。《戰慄遊戲》（Misery）原為史蒂芬．金的名作，講述書迷意外救了作家，因不滿其新作，要求作家重寫，且多次挑剔，作家受讀者控制，想逃脫甚至被砍傷手足，整部小說最後可說是

憑烈勁跳島

想起曉楓，就想起酒。金門高粱斟在小玻璃杯裡，清透，醇香，倒進喉嚨卻湧起一股烈勁。

把一位女性朋友跟食飲之物並論，難免輕浮。不過曉楓確實來自金門，又確實能酒。學生們愛她，以仙名之，但這可不是形容她虛飄飄踏雲去。相反，是靈魂裡藏著金燄，早早就具備燃燒與受傷的能力，這能力有重量，尖銳，像溫德斯《慾望之翼》中天使流的血。這能力督促她寫作，成為好的文學研究者與教師，能體察文本與青春生命深深內摺的暗影。

在最新散文集《跳島練習》裡設定了六輯：「小寫的我」追憶金門高中時

光，「一步一沙漠」寫成年後的種種聚散，「又冷又透明」的焦點顯然是婚姻內景和燼餘，「純真年代」再度返回金門，聚焦於文學與藝術的火種與伏流，「世界上所有的道路」寫旅行與人事，「來自心海的消息」則收錄了石曉楓與阿盛、凌性傑兩位創作者的對話。文字引領，讀者可以撫觸到那股烈勁。

家鄉是根源，也是塊壘，《跳島練習》以此起頭。早熟女學生想飛出氣悶海島，只能先透過文學與藝術另闢呼吸空間，任何外來消息，任何陌生顆粒，任何一點點不應該，都足以撩撥。「小寫」卻仍有「我」，撩撥引致的反應，都讓「我」更明晰。

青春期最意識到的就是身體吧，自己的身體，他人的身體，成人的身體。身體也為難捉摸的情感賦形，因此有了線條，顏色，氣息，〈國文課〉寫暗戀國文老師，即使考最高分仍受罰，也視為特別對待，感覺「多麼痛的表白，多麼熱辣的愛之狂喜」。身體一向是社會裁量的對象，動輒得咎的管束生活，單一秩序至上的時代，女性身體太突出固然被當作問題，男性身體姿態太曲折恐怕也受非議，〈唱遊課〉就描寫學校內某個數學老師，行路如楊柳，喜歡女性化舞蹈，所謂「查某體」，示範性別表現的曖昧。

一絲美和痛、幻想和逾矩、顛覆和批判，就讓人稍稍飛離地面幾公分的年歲裡，即使困惑，也願意相信——夏宇詩中說的，「有一天醒來突然問自己／這就是未來嗎／這就是從前／所耿耿於懷的未來嗎」——或許想不到日後仍會掉進最惱人也最尋常的難題。〈餘震〉寫世紀末台灣的大地震，也寫和那場地震一同暴露出來的婚姻內傷，一個女人無論讀再多書都可能陷落於那結構性位置：被審視、驗證，作為妻子你合格嗎？作為母親你達標了嗎？你的自我將被抹消，你的世界不應當超過廚房、餐桌和嬰兒床，言談要符合你的性別與身分在倫理階序中的位置。〈一日〉中女人再度回到廢墟般的家，「繼續吹出一個又一個再也無人追逐撲打的泡泡」，這反覆往返令人困頓；〈臨界之旅〉裡夫妻為了緩和關係而參加短程旅遊，異國燈與雪，仍難提供「我又回得了傳統無怨的母親角色嗎」確切解答。〈餘震〉那句「你就是讀那些女性主義讀壞了」，天知道女人讀到那些令她們振奮的想法，四壁動搖，重新穩住，到真要打開門走出去，這中間的道路佈滿荊棘，遠如天涯，門外，則還有別的荊棘與天涯。或許

借殼，借身分

以〈更衣室的女人〉一鳴驚人，之後隨著個人遷徙變化而擴張寫作素材與開闢發表陣地，章緣的作品幾乎與女性自覺、大陸台商、移民與海歸等題材畫上等號。從台灣到美國，從美國到中國，章緣的生活旅程都化為寫作養分。尤其台商眷屬的身分，能看到特定族群、階層的內在世界；她最好的小說裡，能擘開人物孤寂內景和尋求破口的渴望，又能把台商眷屬社群、台商廠房與住家的空間文化、上海里弄小區氣息等，極有層次地展現出來。收在《越界》裡的〈彼岸的月光〉，最為傑出。

新作《另一種生活》，收錄十篇小說。〈道別〉延續台商社群的故事，陌生又熟悉的土地上來來去去，女人跟著丈夫驛動，拎不清自己的歸屬；全書開篇與收尾的〈謝幕舞〉與〈善後〉，寫的都是姊妹與瀕死或失能的母親、探問生與死之間的模糊地帶。如何定義與想像自身價值，總與他者的對照有關，而姊妹與母女往往就是那個最親近的他者，流連異鄉富貴場的台商妻子，則居然得從本地忠誠司機的沉默裡發現自身一無所託。不過，我認為最精采的，仍是章緣向中國城市裡的鄉村青年、城市裡討生活的底層婦女、一胎化政策的後遺等「在地」題材探索，展現她旅居中國長時間觀察積累的幾篇創作成果。

〈另一種生活〉講一個台灣女人在上海火車上邂逅帶著一對兒女的福建女人，懷抱裡是男孩，手上牽著的是女孩。二〇一五年年底，中國結束了行之有年的一胎化政策——這被稱為「最激進的社會工程實驗」也走到盡頭。眼前這個女人立即趕上了，多生了兒子，全家當寶，女兒變得沒那麼重要，甚至考慮可以過繼給親戚。後來，女孩彷彿被遺下了，這台灣女人以為自己成了臨時被相中的接收者，以為前面那一席火車萍水相逢的親切對談其實是一種調查。自己是否被迫成為母親？一個台灣來的、沒有孩子的女人，可以給女兒更好的生外鄉人，多的是那類替城市中上階層撐出光亮便捷生活的底層細碎工作，房租貴得不像話，也只能咬咬牙硬頂著，畢竟這裡機會多，城市以外，除了遼闊與沉默，看不到明天。到上海來找機會的青年姚睿，只能跟著親戚蝸居於上海背面的世界；意外降落的工作機會，替有錢人遛狗，讓他得以手持鑰匙、門卡，進出上海光鮮的正面世界。在這個世界裡，光比較亮，路比較寬，街景都像修圖軟體處理過，雇主家裡沒有人，那麼乾淨寬闊現代的房子像是名為幸福的樣品屋，而自己，彷彿屋主人一般，自在行走坐臥。姚睿約了上海女網友小雞出來，原來對方只比他早來上海一年，也是外鄉人，住得很偏遠，上海哪裡都沒去過。這城市那麼大，只能生活在背面世界的姚睿與小雞，兜兜轉轉遇上的還是同一類人，因為不懂上海，進不去最上海的那個上海，所以特別愛講上海。

章緣曾提及她的寫作典範是孟若（Alice Munro），寫最普通的事情，最尋常的人物；她小說裡那些台商台幹、海歸外企、老克臘、「海漂」男女，雖然分屬不同階層、構成了不同面向的上海，總歸是普通人，總歸懷抱著尋常的嚮往，渴求歸屬、自尊與被愛。而就戰後台灣小說來看，台灣作家的上海書寫從白先勇筆下那些把西門町當成小上海、失意中求生存的外省族群，到章緣熟悉刻劃的因應經濟與產業變遷驅動而移動到上海的台商相關族群，他們都是陌生環境的「新住民」，不過，仍可看出時代的差異；白先勇的小說人物們是在台北想像上海、在消費中重溫上海，章緣的小說人物們則在尷尬的兩岸關係中不斷重認上海，全球化也讓從消費中溫習台灣變得不大吸引人（最道地的本土餅店都開了上海分店），真還有鄉愁這一回事嗎？或甚至在故事裡與台灣無涉，單單深入上海常民生活，看見流動與勞動底下的酸辛，醒悟整個當代上海神話對台商們、「海漂」的小勞作者們，也像一處借來的房子。

MSN時代與吳億偉

我和吳億偉同年。第一次知道這個人，是因為參加文學獎輸給他。真正認識，是因為討論研究所考試，在台北溫州街的 TU Café（現在那裡是 Bastille）——後來他考到榜首的，完全不是當時我們討論的那個系所。他當過《自由時報》副刊編輯，那時候我也時常投稿。億偉研究上海，大範圍來說我們是同行。他出國前有次我們跑到西門町西寧南路上老牌福州菜餐廳吃飯，菜都吃光了，還賴在那裡一直講話，跳針的鄧麗君，嗡嗡的舊冷氣，桃紅唇膏鬈髮阿姨一直過來添茶，「廚房要收啦，不過你們慢慢聊沒關係」。後來，他在海德堡大學攻讀博士，一個我曾經因為戀愛的緣故而比較熟悉（現在也很陌生了）

的美麗小城。

幾百個字就講完我和他完全可以告人的關係，中間可是過了十二、三年。啊時間的黑河在那裡湯湯地流著。

早先出版《芭樂人生》和《努力工作》，加上這本《機車生活》，三個書名都充滿了吳億偉的絲帶滷。他的人生永遠會遇到各式各樣芭樂事，他的反應永遠是那樣意想不到的機車和好笑，他總是在缺錢因此永遠努力工作。可是他有夢。決定到德國留學時，他還完全不會德文（要去讀以英語為主的國際學程），當時他最好的外文是日語，我說那你怎麼不去日本留學，「可是，那又是個島欸，我想知道不那麼島的、異國的大陸型生活是怎樣的」。當年吳爸爸聽到兒子決定到歐洲，不知道第一感想是什麼，畢竟，億偉一開始讀的是師院公費，畢業後本應穩定工作，他卻想追尋另一種生活而放棄了公費，導致碩班期間得到的文學獎金多數都拿去賠公費了。等到碩士畢業、兵也當完了，好像應該「努力工作」，結果又申請到獎學金，跑到歐洲遠得要命王國去了。

剛到德國，億偉和許多來自不同國家的同學一起上德文課。不久後，他在

ＭＳＮ上憂心忡忡，「我左邊是日本同學，右邊是印度同學」，這種浸染是很驚人的——從德國同學的反應就知道了：「為何你的英文有日本腔，德文有印度腔？」我在電腦這端大笑。其實語言學習多麼辛苦，一個人在陌生地又是怎樣單寂，可是，這就是他的本事——把負荷變成笑聲。逆境中能幽默，最難。

這許許多多的回憶，都是發生在永遠消逝的ＭＳＮ對話框。我和億偉的友誼，無窮垃圾話接龍，耐欸安內的生活奇遇，朋友圈裡顛倒變化，新作品丟來丟去互看，怎麼告訴爸爸自己決定到歐洲去，怎麼處理和編輯的應對，都是和ＭＳＮ小人以及無數智障小圖一起紡織的。關於他的人生三部曲：芭樂、努力、機車，這些書名也是在ＭＳＮ對話裡得知（伴隨洋蔥頭小圖皺眉抽菸的迷霧）。

台灣的散文寫作，教育體系內或讀書市場可見的範本，多半是往美文方向引導。美文並非錯誤，在日常生活中發見種種美好並藉由精確的文字傳遞出去，一直是閱讀散文的樂趣之一。可是，除了美文，總還有其他可能吧？更何況，美文如果匠氣太重，設喻過頭，意象層堆，傷感濫情——還有比文藝腔更讓人討厭的嗎！本來是為了傳遞，反倒阻隔了。正是在美文的重圍中，億偉一點一點推雪般推出一條路來。

讀《努力工作》，億偉父母親的身影那麼素樸，明晰，使我更深刻地認識了他成長的痕跡與氣息。生活的顛沛不需要大起大落，在小範圍內東轉西轉，幾次發現踩錯浪頭，也就很夠了。父子兩代，大抵經歷了不少。他卻一貫是想到更難、更冷的地方看看。心裡有個很堅實的什麼在支撐。他從不把辛酸的一面放大，從不一直提醒、表演苦難，也從不把這些東西當貼紙、招牌。老老實實的寫，真真切切逗人發笑，勤勤懇懇（而且時常過度緊張）的找朋友商量事情。他那時候告訴我，寫爸爸媽媽阿姨們，不是要替什麼階層什麼身分代言，也覺得自己不夠資格幫人代言什麼；就是寫自己看到的、想到的、親人告訴他的那些。當然，億偉的寫法並不孤單，近來受到讀者歡迎的楊索，她的散文也是這一路，且大抵因為年歲更長、蓄積更厚，力道比億偉還更重。

億偉是個把自己擺在後頭的人。這也影響了他的寫作。不像多數早熟文藝少年少女（包括我）那樣，第一本書寫出來總是「青年藝術家的自畫像」，帶著些許自戀，審視近乎執著的傷口。他到了第三本書《機車生活》才開始正面地、

天粘衰草

感情用事的黃文鉅，時隔九年，終於推出第二部散文集《太宰治請留步》。想想當年文鉅考上碩士班時，我們曾約在台北溫州街雪可屋暢聊，那時候雪可屋的地板還沒那麼下陷，階梯上黃草也還沒冒頭，原以為這永恆地景肯定會在原處逐漸縮小成灰，如今雪可屋都搬遷了。時移事往，且衰且微，已然成了中年人（京劇式震驚甩髮）。

社群網站興盛，使你我經年不見也彷彿後窗比鄰，隨時可以窺見對方生活局部。文鉅的臉書頁面，我的印象是燒炭、伏特加和太宰治（太宰治炭燒伏特加？好像是一種很威的飲料，即喝即衰）。我曾以為文鉅會成為學者。博士班讀到一半，做了記者，寫東山彰良的採訪，文采與觀點兼具，我還曾在寫作課上拿來當教材。我又以為文鉅會如我另外一位朋友房慧真那樣，從此轉移跑道，近來又得知他辭職了。人生多歧路，歧路多惡犬，命運追迫有時候就是這麼樸實無華，《太宰治請留步》內對於生活的必然與偶然怎樣扭結，人怎樣總是走上原先預想不到的方向，那文字氣勢竟如潑灑拖地水——誰跟你保證文學一定帶給你真善美？越活越像樣固然可喜——你怎麼知道不是勵志書懸掛的假蘿蔔？

書名祭出太宰治，作為全書精氣神。憑一張支頤愁苦之臉成為人人都認得的文學符號，印刷在日本文具店便條紙上，刻成橡皮圖章，方便蓋在任何一封信末尾，文青度迅速上升。這位文豪擅長裝模作樣，自戀自艾；好看軀體一旦皺敗，似乎使人羞恥，又時常想像自己不能承受一顆厚床褥下的豌豆。這世界其實由豌豆鋪成，處處埋伏，幾成常態，根本腳底按摩健康步道。〈偶像包袱〉一文，談到太宰治小說中那時時刻刻留心擺出好姿態的小說家角色，老疑心人家虧待自己，既需要視線又厭惡視線，他人即地獄。恥於軟弱頹廢，但沒有要振作的意思；認真擦冷水澡振奮精神、練肌肉如把鐵揉入身體，那是三島的作風。〈太宰主義〉裡指出，三島骨子裡和太宰相差不遠，卻想藉由重整自我來博取聲量，多麼媚俗；然而，太宰也媚俗，媚俗卻還有些掙扎，拚命取悅人的同時，一種自我厭惡也鈍針般血肉裡攪動。

文鉅拈出太宰治，既是面具，也算底牌。不知該把自己安放在哪個位置上，不能良好適應強恃弱的現實人際，疾病和壓力像山坡滑移般壓垮家庭屋簷，回憶童年遭受老師與同學的霸凌，工作後遭受職場霸凌，冗長夢中也出現那階層化的封閉小社會。這些困境很普通，也很真實，人人都可能遇到，但不減弱其殺傷力，高敏感的人在普通困境中也宛如置身劍山沸鍋。太宰治的裝模作樣總透露出滑稽，分不清悲劇或鬧劇，藉著小說的帷幕遮羞，半真半假之間傾心吐膽，硬擺出帥氣狀以後肯定得扭到脖子，搞笑解除尷尬。《太宰治請留步》也是如此，出入於文學故典，哭喪著臉，偶爾怒吼，情不自禁搜尋怪胎的蹤跡，凝視摺疊的倒影，括號內卻總要搞笑——如同第二輯名稱「人間失禁」——失去禁忌？失去自制？眼淚弄濕褲子？只有在寫到家內景況，面對父親的衰朽，母親的悶抑，只有在寫到摯友梅姬死去，魔山路途僅餘一人，括號收斂起來，搞笑的面皮收斂起來，不只是是枝裕和電影裡說的「不是每個人，都能成為自己理想的大人」，辛酸處更是「努力衝刺過仍不中用於世，感到無能為力也欲振乏力」，不只乏力，還可能「欲振乏命」。衰人也怕被看衰，勉強撐起嘴角。這時代裡魯蛇要有自知之明，還得學會自嘲，可是，會不會有笑著笑著無論如何都笑不出來的時刻？

當球迎面飛擊，該巧妙躲閃還是正面對決？梅姬好硬，「我會去接球，不接到死也不甘心」。梅姬的硬同時也脆，早一步從魔山長夢中離席，她接到球了嗎？還是她已經發現，那肅殺低響破風而來的球，是這世間給你我的最具體的幻影？天粘衰草，霧失樓台——對不起搭錯線。城市倥傯浮盪，老公寓陽台頂常見一大蓬芒草竄出，高高粘住天幕，是在展望著那即將遠遠傳過來的球嗎？

「偏愛的作家似乎都有社交障礙，要是他們也來當今職場走一遭，大概很難倖存」，文鉅的偏愛名單裡還有張愛玲。愛玲和宰哥，看似九唔搭八，其實共體衰業。小說《小團圓》近結尾時，九莉三十歲了，談過的戀愛以難堪方式失敗，親子關係無可挽救，寫作事業晦暗不明。《太宰治請留步》，屢屢遭挫的人生徘徊括號內外，文鉅在括號內扮丑，世間常情總以括號想把怪胎衰人隔離起來，然而他或許是「把我包括在外」的。

痴心的少年，新鮮的老手

零零星星讀林銘亮發表於報刊的散文，寫網球，寫書法，寫旅行，寫看戲，觀點鮮明，用字講究，個人氣息強烈。集結成一冊，一次飽讀下來，又對於這位「新鮮的老手」生出不同認識。

怎麼說是「新鮮的老手」呢？銘亮年過四十才第一次出書，其實發表作品的年資並不短，題材豐贍之外，寫作手法更是變化多端。能抒情同時傳遞技藝知識，議論時頗見老辣，且帶著自嘲與不恭，血性與幽默。所謂「厚積薄發」，用來勸告後生小子、今日看來頗有點老朽的詞彙，拿來形容銘亮《尾巴人》，是完全符合事實、且令人欣羡。許多作家第一本書往往手筆生澀，銘亮第一本書看似晚到，其實完熟才出手。據說他還有不少文章沒收入，期盼能快快讀到第二本。

全書開篇即是〈尾巴人〉，生在年代之末歲之末，像晚到的人，回望著前代煙花，將來的星爆又正逼近。他有所堅持，他被包含在括號之外：「耗許多精力，抹一層殼以保護自己的內心情感卻不問值不值得，大概可稱作『痴』」。痴人之愛或許不合時宜，胸臆儘管燃燒，倒睜著一雙冷眼，冷熱恐怕近於煎熬，也是痴人的負荷。銘亮的「痴」從何處來？往何處去？《尾巴人》可以視為他青埂峰下的回眸。

〈悸，我的青春電力〉追憶中學時光，參加了校刊社，開了眼界，終於可以踢開課文作家，遇見更多塵沙與晶鑽，最愛是馬奎斯，「給深覺寂寞的少年以一個奇幻卻深情得如此真實的道路，這個道路叫文學」。回到母校任教，圖書館裡重逢《拉丁美洲短篇小說集》，書末借閱證果然出現了自己的名字，像時間發來一紙證書。少年銘亮不只從文學得到愛，也在其他藝術形式裡持續拓寬感覺與器識的邊界。

例如〈防空論字〉，自法國小說《紅與黑》說起，數當代成名的技術與焦慮，幾個段落後才切入「書法」主題。為什麼要從成名談起呢？書法如文化的風標，時間又極其久遠，要竄出頭不容易，「成名」諸法開展得特別淋漓、特別讓人驚奇。那些書壇軼事真讓我這種外行人瞪大眼，但是，本文並非「耳聞書壇怪現狀二十年」，而試圖思索「物鬥」，將偌大的「書法」和偌大的「人生」、「藝術」聯繫起來。對於「藝術」，銘亮從書法中慢磨而悟：「沒有把戲，觀眾看了會膩；只是把戲，觀眾看一次就膩。如果真是藝術，一橫一豎站在那兒便令人觀之不盡，賞之翫之而不足，最好的藝術就是最好的把戲，因為背後下足了工夫。」這樣的「悟」，好像在每個秀異創作者口中都會聽到，但它不是老生常談，更非雞湯維他命；創作者的快樂或許相類，焚煉道路卻各有曲折。

受焚煉的，何止是創作，也包含了人與時代。〈紅珊瑚冬青〉寫大學時光，不是懷舊，是返觀年輕氣盛之時，島國文化政治正翻江倒海，兩個親密的中文系友人如何辨證「台北」與「非台北」，吵省籍（銘亮來自竹苗，當然還受過客家文化薰陶）、吵二二八、吵台共、吵一切上世紀九十年代台灣人對於歷史與國族的惶惑。晃眼來到中年，友人卻已忘卻當年爭執。書生論政只是一場水月？或心靈焦躁難安的兩個中文系人（至今一向被看得那麼保守、屈從、離地，只會糾正「在／再」）在指南山風山霧中自我證明？

另外，我也特別喜歡銘亮著墨於身體的篇章。〈唱歌的伊〉寫阿嬤，此文段落明顯較短，切換得快，大部分對話不用引號，宛如記憶閃閃現。阿公去世後，阿嬤開始學化妝、唱老人卡拉ＯＫ，「伊不是文盲嗎」，「可以學啊，學了就會了」，「學會了人就忽然不同了」。學會以新鮮面目過寡居生活，這是生命活潑潑的願望；學會身體只餘一隻乳房，手術後血袋隨身背著，何嘗不是生命在顛躓學步？〈連續出賽〉從比賽寫到運動中的身體，寫到當兵操練裡的身體，抽中金馬獎，海浪包圍，遠島上一個更孤立的陽剛氣概比拚場，最後寫到當代健身風潮，鍛鍊宛若受刑，為了爭取更好的（人肉）市場發展。〈天天年輕〉從健身寫到保養，一張臉牽動宇宙，金貴乳霜塗上去，人人想求捷徑，卻往往一點差池就斷了道行（昨天晚上吃了一袋鹹酥雞加熬夜追劇）。銘亮愛美，第一次寫書法就不能忍受醜字端坐劣紙上，額頭冒顆痘痘當然也務必除之後快。萬般講究，男子的身體與臉底下呢，能得到心的至樂嗎？能使你我年輕嗎？

回想銘亮與我相識，是他中學畢業暑假。他已經通過推薦甄試確定就讀政大中文系，那時我大二升大三，主辦系上文藝營，邀請提前考上的學弟妹參加，自然，也視這批小文青們為系上文學活動的未來生力軍。不過，大學歲月中，我們並未交集太多。多年後，銘亮已是新竹中學深受學生歡迎的老師，而我剛到清華大學任教，這才逐漸增加碰面談話，增加了聽到他魔性笑聲（咦）的機會，我想這全是因為種種人生偶然——卜洛克小說裡所說「感謝上帝令萬事如此發展」——和文學它萬能的保護。

除魅之書

一個在文學場域（即文壇／貴圈）內被認可的作家，回溯起得到這個位置之前的經歷，通常會跟什麼有關呢？作文比賽、校刊社、國文老師，以及第一次參加文藝營／寫作班，第一次參加全國性質的文學獎，第一次遇到心儀的作家（幻滅或不），第一次投稿重要文學刊物或大報副刊（被退稿或不），第一次出書……，幾乎是一連串操演與建設的積累。當中比如寫作班、文藝營、文學獎，在台灣戰後淵遠流長，是橫跨好幾世代作家的共同回憶。

老一輩作家會回憶他們參加官方反共文學體系下的「復興文藝營」、見到令人如沐春風口才一流的痘弦；上世紀八十年代中葉以降邁入自覺創作的作家們，可能參加過《聯合文學》舉辦的全國巡迴文藝營（是不是依然見到了瘂弦？他是該文學雜誌的創刊總編輯），而得以見到不少聯文出版過的作家們，或許就從中找到了學習典範。新世紀以來，有沒有可以與之前兩種文藝營抗衡的營隊出現？

除了形制與聯文十分類似的印刻（出版社＋文學雜誌）也出動旗下作家，以文藝營方式讓文學愛好者認識以外，當屬由許榮哲、高翊峰、王聰威等人組成的「小說家讀者８Ｐ」擔任導師的「搶救文壇新秀再作戰」文藝營值得一提。導師制度固然沿襲自過往大型文藝營，但是，也出現新的運作模式，可能與主事者許榮哲在耕莘寫作會的經驗有關，更為表演化、綜藝化，也更為目的化（以獲取文學獎為目標來調整作品）。我真正認識宥勳是不是在這個場合？某一年，「８Ｐ」某位小說家太忙，我曾經擔任代打，擔任「搶救」文藝營的導師。那時候，宥勳和其他耕莘寫作會的年輕人就在營內擔任輔導員。

匆匆十餘年過去，宥勳已經成為獨當一面的小說家與文學評論家，熱心介入教育與政治事務。他也花費很大精力，希望能「除魅」——「如何成為作家」，這在無數作家自述中總閃耀著命運與靈光的歷程，其實一點都不神祕。天分當然不可或缺，可是「作家」不只牽涉到創作，發表、出版以及其他生涯發展中的事務，它們都是具體現實的一部份，不是有才華就會自動靠攏生成，而往往還依賴勤勞、自律，也得做出判斷和選擇。於是，誕生了《作家生存攻略》技術篇和心法篇的寫作計畫。

閱讀《作家生存攻略——作家新手村1技術篇》時，確實頻頻點頭，寫得好清楚，又坦白，每個相關環節都觸及，甚至連工時分配（假設你是一個沒有固定正職、完全依賴稿費演講費評審費補助計畫過活的作家，你必須衡量你能完成而不會擺爛或降低水平的工作量）都討論了。

其實，提出「技術」二字，已經非常牴觸一般對於文學的想像。一九三三年，章克標寫了一本《文壇登龍術》，諷刺文壇怪象，魯迅拿此書做引子，寫了〈登龍術拾遺〉，嘲笑說此「術」即做女婿之術，「要登文壇，須闊太太，遺產必需，官司莫怕」，影射當時文壇特定人士。而宥勳此書明擺著談「生存之技術」，分析「作家」的「職業生涯」之所需，也許會引來「術士」譏嘲？無論

常聽到感嘆，說當前台灣文學環境很差——當真如此嗎？一方面，文學獎層級與數量都很豐富，寫作者若有心通過此一管道循序發展，練筆機會相當充足；同時，獎助項目也不算太少，縣市文化局、文化部、國藝會，甚至是以作家、社團之名募款集資成立、以協助出版為目的的獎項，林林總總，提供了專注創作、減輕謀生壓力的可能性；大學校園中，文學創作學位以及各種寫作課程，只有增加不曾減少。過去曾聽說，在文學黃金年代，哪個報社哪個出版社提供作家「基本薪資」之類待遇，寫得普通也容易成名，或書如何好賣等等，但是，追懷不可再來的社會文化條件是徒勞的，我這一代、下一代，也早不是在那樣的條件下長成。宥勳強調作家作為一份事業，應當「現在就開始」，而非「玉在匱中求善價，釵於奩內待時飛」，彰顯出一份活在當下的猛進精神。

最後，我想起從「搶救」文藝營到前幾年聯文文藝營都玩過的，把文壇知識變成遊戲，考驗你對場域熟悉到什麼程度——你能分清楚「王德威」、「王浩威」和「王聰威」嗎？你能說出「張耀升」、「張耀仁」和「張耀」的創作有什麼差別嗎？好了，即使搞清楚這些且如數家珍，認真看待每一樁來到眼前的機會，「戲棚底下站久了就是你的」，確實場域內占了個位置，也未必能夠成為偉大的作家（這個詞彙是否太古老？但我仍信仰），視野、教養、品味、氣度，介於天生氣質與自我培力之間，難以說清楚卻又確實存在、決定了創作者高度的那些，恐怕仍是「技術」之外、值得看重的關鍵面向。

宥勳《作家生存攻略》替有志於文學視野者廓清想法，打下基礎，之後，不妨再讀一讀至今仍然難以取代的高階文學教養書楊牧《一首詩的完成》，內外兼備，天地合補。

經驗匱乏者的小歷史

駱以軍小說《西夏旅館》隨書附贈一小冊，《經驗匱乏者筆記》，果子離說他極愛這個書名，蓋亦適於自道也。何以經驗匱乏？本書第一輯「仕事的浮浮與沉沉」中，已給出解答。他在三十一那年離開職場，從此後過自己喜歡的生活，有風險，不穩定，然而自主程度相對高些；出門閒晃或覓書，在家寫字讀字借網路觀覽眾生，和大社會保持某種距離，他的日常與世界多半從書本來，從散步來，而非從經驗來。

這並非天真之語。如同魯迅所說，女性爭取經濟權，不代表就此大解放，「無非被人所牽的事可以減少，而自己能牽的傀儡可以增多罷了」；不做俛仰於特定機構的職員，不「吃人頭路」，也不代表就得大自由，只是被人所牽的事可以減少罷了，多去掉一條傀儡線，總是好的。果子離「自認不是蛟龍，不用遨遊大海，但也不應困於浴缸」，尋覓自足與逍遙，而這種清晰的自我指認，也使他在若干生活與志趣上，如〈我的素胃時代〉裡寫的，產生「異端的快感、少數的樂趣」、「不被了解的快樂」。

當代寫作人唯恐被說「離地」，優游於非柴米現實的天地，幾乎成了道德問題。自認在書本中比在書本外更快樂的人，算不算離地？果子離喜愛的作家西西，在上世紀九十年代發表香港寓言《飛氈》，脫離地心引力，逸入時間深簾，彷彿與歷史和權力躲貓貓似的，肥土鎮逐漸取消了自己，留下空白頁——最「離地」的「種地書」，卻把肥土鎮／香港種在讀者心裡了。讀書給予人一種輕逸的能力，就像飛氈，通達不曾去過的地方、難再經歷的時代，以及同時同地的側面與背面。

從《一座孤讀的島嶼》、《散步在傳奇裡》到《我喜歡這樣的生活》，果子離一貫以讀書定位自我，並映射時代。「孤讀」不孤，網路時代裡也許還是容易找到鄰人；「散步」能縫合身體與地方，也標示了台北城南在文學史上的傳奇性；本書則標舉出「我喜歡」，散文家之我更為凸顯。

和慣常看到的文學家談閱讀不同，果子離讀書眼不限於文史類別。昔日夏宇回答訪問者，說「有時不讀詩，讀《秘術一千種》」，使這部書跨出怪力亂神進入文學的異想世界，成為包括在外的祕笈。張愛玲〈談看書〉長篇累牘寫閱讀人種學書籍，讓張迷們認識偶像另一面。最愛是現代詩與歷史，但果子離讀書範圍涉及辦公室文化、趨勢預測、商業經營、棒球、生機飲食、影壇祕辛等等，因為雜食，不至耽美與天真早早脫離職場，仍保煙火氣。

全書讀來最過癮，我認為是〈我所記得與不想記得的李敖〉、〈我與布袋戲的半世情緣〉。李敖是台灣一九六〇年代以來最爭議的文化人物，多少人在他尖銳質疑傳統和社會的文字中驀然打開心眼，他的著作與行動，可以看成是五四激烈反傳統思潮的延續。這方面已有太多人替李大師註腳。果子離想談的，卻是知識分子的多面性，一個在戒嚴時代甘冒政治大風險的勇者，何以卻同時鬧出侵占他人財物、近乎翻臉敲詐的行徑？文中說他「睚眥必報」，這復仇嚴苛的靈魂或使人想起魯迅，下一句卻是「死纏爛打」，甚至以訴訟為日常，還以此進帳。有其精明之處，卻與馮滬祥之流為伍；敢說敢做，同時也敢於誇大來自我宣傳。更何況其沙豬之程度，今日輿論所不容，若非早出，應被撻伐到灰飛煙滅。談李敖文可見到果子離對之抱有愛與敬，困惑與痛惜，且全篇引證豐富，文氣踢躂快速，大有激石湧流之勢，寫李敖正需如此。布袋戲文則從學習台語引入，戲中台語文使用能雅能粗，靈活非常，但是，布袋戲不單單是常民娛樂，也牽動國族與道德的敏感神經，神怪暴力加上台語文，成了受管制打壓的對象。果子離特別拈出真假仙和恨世生兩個角色，前者諷刺人世，嘻笑中有寄託，後者則因愛受辱，性轉乖戾，愛恨絞纏難解，恨世實因愛深。無論如何，幾經政治打壓，布袋戲今日仍被認定為台灣文化象徵，且生命力昂揚，表演形式與技術又隨時進化，野草泛出金光。這兩篇文章都強調「有我」，是我的「偏見」，有偏則可見到經歷、性格和愛惡，最好看。

實用主義掛帥，並講求速效，CP值不高的事情不想浪費時間，以讀書來通往世界，其實是反速度的。《我喜歡這樣的生活》也正是歲月的產物，時代與書相互牽引成網絡。越讀我們就覺得掌握得越少，然而理解與感受又仍不斷增加，這矛盾帶來滿足也帶來危懼，沉迷閱讀的人在心內因此生出曠原，星空，高塔，懸崖，人多麼渺小啊可是認知到渺小也意味著認知到人以外的巨大，那就是讀書人難以言說的快樂。

暗房與暖房

電影《頤和園》我最喜歡宿舍房間場景。鏡頭流利歡快地在狹窄宿舍通道裡滑動，一扇扇敞開歡迎朋友的房門，走過去可以瞥見擁擠著物件的房間，走廊即興晾滿衣服，走過去各種質料飄拂臉上，青春的臉龐們彼此手挽著手這裡那裡串門子，大哭大笑都有人陪。

電影裡拍的是北京八十年代末期。迪斯可舞廳和清純辮子共存。而我所知道的大學生生活是台北九十年代下半葉那種，走廊一樣窄但是不可能曬衣服，通常排滿鞋子，午夜後常有熱戀之人蹲在門外講電話以免吵了室友，開著門的不多，開著的必然掛了長門簾，人人都需要一點薄弱的屏蔽，即使是沒什麼個人空間的宿舍。楊婕呢，她的年代又比我再晚些。從合夥宿舍到獨住，她的房間史與學生史幾乎同義，與青春史創作史都絞纏在一起。

《房間》全是房間。不大喜歡陌生人到自己房間的楊婕，在文字裡打開了住過的許多房間。那些房間裡還粘附著住過的人的一縷氣息嗎？還有一小塊魂魄留在那裡看守相關的記憶嗎？每次當我打開文章，打開書，是否那縷氣息、那塊魂魄，會感應到陌生人闖入那樣地驚躁起來？王菲〈當時的月亮〉MV，好多個王菲在同一張沙發上，看電視的，吹頭髮的，抽菸的，像不同時間同個房間的壓縮扦插，彼此不理會。范曉萱〈哭了〉MV也是在好小的房間裡，看得出來其實是省錢的拍法，房間擺設看上去搞不好就是唱片公司會議室，女人在牆角或站或坐或蹲，抱著頭，環住雙臂，睜開眼就是好近的牆，封閉的窗戶，「傷害」如果可以顯形，大概就是這樣一處普通又鎖上的房間。

現代人不大有露宿的能力和意願。露營是一種休閒不是生活。都市是房間的總集合，人類活動依循著房間而流動。人們依賴著房間，有四壁表示保護隔離，有門有窗表示可以進出與守望。有時候是暗房，有時候是暖房，獨享黑暗或者自孕夏天。難怪人文地理學學者段義孚要說文明的進展其實是逃避主義在作用。房間意味著某種相對安全的據點，像心室的擴張或外掛，〈龜裂〉裡所寫：「開始過不與他人分食房間的日子，妳選擇做一名獨裁者，讓邊界完整。」因為有房間，故事除了發展，還可以停頓，迴旋，躲藏。

所以，《房間》裡的房間多半是過去式。房間裡躲著那個不願意成灰的故事，兀自如一塊燒不完的炭那樣隱隱紅著。

房間裡的物件也是楊婕寫作重點。門把除濕機熱敷墊椅子毛巾。萬物有靈，觸手觸眼而成真。我尤其喜歡〈穿衣鏡〉，因為怕子夜從鏡裡瞥見他物，「準備一塊舊餐巾，睡前蓋住鏡面，天明掀起——那是一天的開始，與鏡照面，妳是今天的人而非昨天的鬼魂」，好神經質的房間主人。鏡子是秩序的反射嗎——「以清晰確定的線條反現妳與妳的房間」，秩序非得要經過再一層的觀視才能確認？然而，鏡子「不會替妳反映任何傷害毀棄」，它映照表面，使妳知道從內裡的枯朽蔓延出來了，好像那枯朽其實是從鏡子裡長出來的一般。〈黴〉這篇也有意思，把黴斑也當成房間有機組成之一，而且與房間主人互動，「太過熱鬧，沒有餘裕長黴，房間就不長黴」，獨居的時候，黴點卻像滴漏一樣在暗處耳語著房間主人的心情。「有黴之人」，楊婕寫道：「黴是日常微小的失敗，就僅是如此而已。真的，不要緊。妳聽見黴輕輕地，像它們身上的顏色那麼輕地對妳耳語：『不要緊。』」日常微小的失敗不致於毀了人生，只是提醒著那些細處曾經崩塌。

還有一種情形是借用房間。房間太個人，借用時彼此都有點不得已但又做出瀟灑爽快的模樣。楊婕赴中國作研究時，借住某女博士生宿舍，文章裡提到好幾次，比如〈鬼屋〉。房間裡還滿溢著他人居住的氣味，依據他人習慣而設計或形成的物件擺放與空間動線。或者，對於那個房間來說，前來短暫借住的自己才是他人。為了不讓人發現自己的不合法身份，「盡量刪減因為進食、採買或丟垃圾出入宿舍的次數，移動路線周折於房間、水房、洗衣房之間，在闃黑走廊步行時，我覺得自己恍若女鬼，影子也淡了起來」，太過壓抑地生活著，擠壓出「難以釐清的困苦感」。和房間之間沒有互屬感，犯錯似的尷尬著。甚至必須演出：「與人共乘電梯時，我擺出非常淡漠的神情，好似我已住得極盡熟悉厭倦。我的口音太容易辨認，偶然擦撞到人也不吭聲，在這裡我成為無禮之人。」

楊婕寫過一個洞。在校門回房間的小路上。她說那是邊界，「鏤空房間內外的宇宙」，同時又是無底之器，可以「儲放一次敲門、一段移動、一個不再來的人」，讓自己感覺自己是「另一座比較大的洞」。在《房間》裡，也可以說每個房間都是洞，接駁熱望與失望，攪拌許多人影與情節，「十分紅時便化灰」，自孕的暖意會不會是一種幻覺呢？以為可以照亮暗房，其實是提早歷劫。就像書裡最後一輯，陪著誰，走到遠地去，好像離開了房間，其實還隨時攜帶著房間，清點一路的碎紙碎美碎恨，林林總總推進房間裡，「面前滿是餘燼」，人在旅途，想望一處歸地，「你在裡面。即使整個宇宙瑟縮到門的邊緣，我也不會受到絲毫擠壓」。然而這是燼餘之人的好夢。

回到〈龜裂〉，文中一小段寫情人不喜那些出沒在文章裡的他人，逼著把投出去的稿子撤回。都是這樣的，沒有不擠壓的房間，沒有不互斥的記憶，書寫即是追憶，追憶總是已經燒過揀選過的，像舍利子。托在掌上看，裡面是蜂巢般分割，蜜與灰同在。

世界是鳥籠，但靈魂可以穿越

羅任玲的詩，安靜綿密深美，她以詩心經營散文，知道何處該繡出細節，使血肉豐勻，亦深諳空白的力量。讀她早歲散文集《光之留顏》（一九九四），許多短製篇章從雲端來，沿風而去，憑一個印象、一樁散事為起點，勾勒出生命悲愴與疑問，舉重若輕，而不傷內裡嚴肅的筋脈。莊裕安說她的散文音色絕佳，音色勝過結構，不規整，可是具有散脫的魅力；這樣的特質，也還持續保留在之後的書寫裡，具體呈現為第二部散文集，《穿越銀夜的靈魂》。

當然，二十幾年來，寫作者會滄桑，時代會變化。羅任玲的散文仍維持著清妙音色，以及不羈的形式，以之作為其散文的基礎風格；同時，那些必須積累時間才可能大量且深入體會者，也以顯著篇幅形塑出這部散文集的骨軸——無所不在的異鄉感，人間的遊與思，以及死亡。

全書開篇，與書名同名的長散文，回憶與母親少有的共同旅行。以「她」來代替「我」，或許是想拉開抒情的距離，畢竟所寫是極端近身、或許難以逼視的經驗。「她」只經歷兩次日本行旅，一次是二十歲時，當年通訊不便，出國麻煩，一個月日本時光就像完全浸入陌生世界蟬鳴花水，渾然不覺家鄉；多年後才帶著七十多歲母親跟著旅遊團前往，因為老人行動較緩慢，跟不上全團步伐，而往往落得母女相依為命，迷路於異地大雨之中。自由而孤獨，彼此陪伴著迷路，都是生命中必然會有的情境。少年與中年，記得母親的方式也變得不同。追憶恍惚過渡，「母親已經死了」——死亡是跨越嗎？給予我們一個憑依，召喚銀河裡四散的漩渦，電轉拼接為迷津與長河，懷念與證悟。

與〈穿越銀夜的靈魂〉一文同樣抒寫親緣牽絆的，還有〈鰵的黃昏〉。緣於兩岸局勢，分隔了四十餘年，終於在稍微開放之後，父親與阿婆回復了聯繫。這是不是一九八〇年代末兩岸開放探親以來，許多人說過寫過的故事？即使那麼多人說過寫過，即使不外乎大時代變動底下的必然，一旦發生在自己家族，那悲喜之感仍然扎實。一開始寄來照片，老家的家族照吧，其他人都擠出笑容，只有阿婆板著臉——她的神情與視線投向鏡頭之外，這是她對迢遠另一岸的兒子的心情嗎？還是一時不知道該用什麼態度來面對？而對於總是聽父親回憶親人的女兒來說，勾勒出來都是分離前的青壯樣貌，可是歲月之河仍在沖刷，照片裡錯失了什麼、蛀空了什麼的一張臉，是否能彌補父親的思念？後來，阿婆來了台灣，八五高齡，面對不會說家鄉話的孫女，每天等兒子下班回家。阿婆歡喜看某家餐廳門口的水族箱，水裡游著一隻鱉，醜醜的，可是會勾起久遠的畫面，那是兒子童稚時期養過的愛物……。阿婆終究得離台，短暫相處與再一次的告別裡，恍然發現，父親其實也老了。

映射敏感之人無所不在的存在困境，也同樣動人。〈雪色〉寫對於時間的思索，談時間，難免觸及死亡，談死亡，又何嘗不想起靈魂有無、靈魂歸屬的問題？然而，生時的苦楚，真能在跨越之後拋在身後？人不只可能漂泊異鄉，也可能在熟悉環境中仍舊存有異鄉之感。格格不入，有時候不是因為具體地理的牽攣，而更可能是心境、思想上的背離。所以羅任玲在文中就問了：「哪裡才是永恆的家鄉？」然而，現實中我們不得不自保，冷漠可能逐漸取代一覽無遺的熱情，「即使迷路也偽裝成無自若無懼」，掩藏靈魂，以冷淡武裝。文中提及一位女性友人，患了暴食症，與丈夫分居，居住在紐約，可是那裡只有下水道冒出的蒸氣是溫熱的。人是不是總難免要經歷下墜？或者更悲觀一些，人活著，整個就是一個下墜的過程？尋求一張溫暖的網子接住自己，也許得靠一點運氣。而在〈誰也沒有真正報復過死亡〉裡，羅任玲提出，異鄉人處境活著難免，死了也未必能迴避；君不見喪禮中，反覆不見情的誦唱環繞，「長長的一生被簡化。天之涯，地之角，知交半零落。成為一張扁平的照片」。〈永遠的異鄉人〉更進一步揭示「世界像鳥籠」，彷彿呼應白居易〈與元微之書〉「籠鳥檻猿俱未死」一語，生命有其邊界，人間又處處設限，是誰提著我們居住的籠子？

書中另收了幾篇微型變奏，類似寓言故事，借他物映照出人類何等自擾。〈穿紫色衣服的鬥魚〉寫花瓶裡養著鬥魚，沒有同伴或敵手，鬥魚無鬥還算鬥魚嗎；文中同時寫到鬥魚主人L，卻並非尋常以鬥魚比擬人類社會鬥爭，L不知道自己何去何從，鬥魚呢，只要還在人類為牠圈出的容器裡，時不時成為被觀看之物，牠恐怕不會出現和人類同樣的煩惱。〈尊者〉寫飼養烏龜，龜背上長出青苔，吃，睡，曬太陽，揹著一叢潮濕綠意，人類談論生老病死的口角，與時不時要確認牠是否仍活著的騷擾行為，甚至是那隻鬥魚的升沉，都彷彿某種紅塵漣漪，青苔尊者見而不見。鬥魚與烏龜，一勞一逸，自有其境。

最後，這部散文集也回應了作者的詩人身分。除了若干文章中談及自己某些詩作的背景，另有〈蝶影〉敘及與周夢蝶的因緣，〈詩為何物〉回憶中學國文老師、也是詩人小說家沙究，〈深秋〉則悼念楊牧。與前輩作家交遊，總涉及閱讀，從中一次次確認理解文字與文學的重量，亦可曲折看出羅任玲的創作思索之路。

羅任玲關注生活裡孕育的精神面，加上文字的冷麗，難免給人「空靈」之感。不過，散文寫法本就不拘一線，能低低黏緊土腳，也能高高翻進月光。端視如何放置心靈與世界。怕什麼？不是距離地表遠或近，怕的是濫情，庸俗，

輯三

那不是我城最後一隻白馬

再度拿大埔當題材，敘事者在搭船途中睡著了，做了關於火車事故的夢，醒來以後仍未能甩脫夢境，火車內部裝潢、揹著嬰兒的男子、脫軌意外的剎那等等，均纖毫歷歷如同剛剛才發生的真實。後來，敘事者偶然於大埔墟的「香港鐵路博物館」的歷史車卡中，看見了夢中的火車，並連繫到一九三一年馬料水（今大學站舊名）火車出軌事件，甚至見到了生還者。小說裡提到，在香港島這邊的人看來，大埔「和深圳寶安、廣州沙面一樣，完全是個沒涉足過的蠻荒區域」，通過夢境與歷史，卻突出了這個「蠻荒區域」，然而，對於今時的都市人，歷史也與夢境無異罷？而同樣突顯舊區處境的，是〈豆花故事〉，破裂家庭的故事鑲嵌在舊區小店遭大資本集團擄掠逼退的社會現實中；這篇小說未有明確地點指涉，但那樣的困境在香港卻時常聽聞，爭議點不單單是開發與否，還包含了大資本如何強力剝除地方紋理，消滅個性與記憶。

另外，還有幾篇作品以香港的都市地景作為故事舞台，通過狂想或癡想來襯出從緊湊都會節奏脫出的願望。〈地下情〉借用旺角地鐵站島式月台設計的特徵，建構了一段特殊日常體驗，不同車廂並行於鄰近車軌上，讓馬家強隔著兩重窗戶偶然看見夢中情人；經歷這段「奇遇」，馬家強向友人敘述時用上了「一見鍾情」一詞，卻遭到訕笑。「一見鍾情」是羅曼史橋段，令時光暫緩，細節突出，在香港這樣快速的都市裡，似乎不合時宜，這份不合時宜卻是小說鋪敘的核心。

書中有些篇章則展現出夢幻詩意。〈看雲的好日子〉從科技造雲此一技術發想，造雲的人，不就是「雲的管理員」嗎！以雲替人世間帶來遮蔽、帶來清涼、帶來潤澤，如同遙遠的守護者。這位管理員甚至逐漸摸索出方法來和雲交談，「可直到現在，我也不懂如何跟雲朵坦白，牠們其實是我一手製造出來的真相」。人造雲作為虛構的真相，實存的溫柔，多麼像文學，搴摩著情感的地理。

另一個同樣在高處展開的故事，則是〈窗外的散步者〉。強哥告訴阿龍，由於「香港太多高樓，大半天空都給擋著。久而久之，所有人都習慣了，走在街上，從不看天」，阿龍問，這難道意味著香港人缺乏遠景？Mr.Pizza的小說擅長說故事，未必立意往哲思方向發展，而是帶出了希區考克「後窗」（Rear Window）式的驚悚，一則高空竊賊的悲情羅曼史。但是，文學釋放訊息，引逗感覺，本來就不是單向單線；小說結尾，「街上，都是抬頭看天的人」，和阿龍的私人壯舉，總得放在香港高樓逼仄、少有人遠眺的都會環境裡，才顯得有意義。順帶一提：村上春樹《東京奇譚集》裡有篇小說〈日日移動的腎形石〉，也塑造了一個高空散步者，也寫出了都市裡的偶然與必然，不過，劇情和寫法完全不同，值得參差比較。

綜觀《把砒霜留給自己》，從抒情而神祕的〈麥景陶碉堡上的廣播〉，到重塑殺手電影中「性」與「死」關係的〈睡房暗殺者〉，暗諷刻意製造悲傷的創作只是矯情的〈花卉種植指南〉，暴露都會日常癲狂的〈節日倒數症候群〉、〈你所知道的便利店，她所不知道的世界末日〉等等，雖然不少作品都止步於故事趣味性，人物心理或寓意帶出稍嫌粗略，仍嘗試了多種題材與形式，顯現作者執行點子的能力。

我認為全書最大膽莫過於〈午睡共和國〉，這也是我最喜愛的一篇。人人奮發向上、不許片刻滯後的主流價值底下，敘事者午後總在辦公室呵欠、瞌睡像一枚鬆掉的螺絲，受上司責備，終於被炒；然而，呵欠雖無助於工作，卻有助於狂想，他竟預謀建立一個「午睡共和國」，「為這城市帶來黑暗中的一點改變」，而都會中不乏奇遇，他竟真遇到了擁有共同困擾、共同願望的同伴，決定佔領珍寶海鮮舫，開動這座建築，在公海上成立一個午睡合法的獨立國度。珍寶海鮮舫是香港與訪港遊客都知道的浮誇地景，佔領並想辦法開動這座久未行駛的船，從現實中割據一塊浮動空間，為了創造屬於自己的時間，這不正是──「借來的時空」──最常用來描述香港歷史與現實的一個詞彙？當「借來的時空」裡的居民們想伸張自己對它的深情，護衛它的價值，是否只能遭遇「刺眼的太陽」、「荷槍實彈的攻擊隊員」的包圍？是否僅僅只能是一場午夢？

煙與綠

我不知哪裡將是我的墓
他彷彿想把一缽花端進去

——廢名〈花盆〉

最初讀到王証恒小說，在鄧小樺主編的《我香港，我街道》文集。〈時光凝滯〉，關於「返校」的簡單故事，兩個男人重逢，普通交談，然而往事洶湧，曾有過一段戀情，不能曝光。從前在試探，重逢後仍有試探，當年肯定過的，現在是否還肯定？回到荒廢舊校，記憶如煙霧從時間門縫底下潛入，微綠泳池，暑雨，生活昏沉重複時的詛咒與玩笑，如沉水證據般一一浮起。當「我」和「他」抽過菸，為湮滅氣味，游泳過幾圈，蟬鳴如雷聲襲擊，「我」靠在泳池邊，「不知不覺做出抽菸的姿勢，只是兩指間空無一物」，那煙味亟需被洗刷，他們的關係無法帶進日常秩序，回到學生時代似的，製造一個暑假的叛逆。作者擅長以短對話來烘托一條欲隱未隱的邊界，景色與感官都不是閒筆，一層刷一層，暗示人物曲折差池的心理。壓抑裡滲透幽情，全燃燒的瞬刻已經發生過了。小說要寫的無非是餘燼。

抽菸，肺葉壓縮後擠逼出的吐息，非常身體的經驗，王証恒筆下彷彿自我的具現。〈沉默的瘀傷〉裡，泥水工愛上妓女——是底層羅曼史嗎——她消瘦骨肉上的乳房，讓日復一日工作下粗糙起來的泥水工感受到了母親般的柔情。最後，女人向他告別，說要回鄉結婚；泥水工連對方從哪裡來都不大確定，思量著，這算愛情嗎？小說結尾，「風如女人的溫柔的手，一直一直，撫著他的煙，又撫著這城中最高的大廈」，場景極具性意味，卻像一場淒清告別，恆常儲存於都會的呼吸。

同樣是賣力氣拚搏的男人和賣身的女人。〈濕重的一天〉中，碼頭工拳擊手與按摩女，兩條孱弱靈魂碰在一起，性是最直接的溝通。男人對女人的家鄉沒概念，而女人則為生活所迫來到都會，「他說城市險惡，她說鄉下沒工做」。男人反覆使用的身體就如同那隻舊沙包，隨時會被擊破。身體這麼疲憊，也仍然會夢見女人，而女人給予的慰藉使他「回到安逸的母體」，安逸是這個男人最奢望的事物。

王証恒似乎偏好寫底層人物。儘管《南歸貨車》中也有如〈時光凝滯〉裡的中學老師，〈鼻敏感〉中的週刊編輯，他們都在相對穩定的環境中企求一點變化，無論是一個暑假，或一趟蜿蜒、可以看見瀑布的車程。兩名害怕前途無著落的編輯報讀地產經紀課程，希冀能更融入資本主義社會運作，相互考問地產知識中維繫著一線細緻脆弱的愛慕，還有比這更能映襯香港都會的無情和有情嗎？

書中最與其他篇章差異的，是〈綠牆〉。「大陸」或「內地」，在其他諸篇小說中似乎是做為香港人高密度高成本生活的疏散地（如深圳），或打工女子遙遠而南方人難以想像的家鄉（如湖北）。而中國首都，北京，則彷彿帶著某種威望，〈沉默的瘀傷〉裡，主角的同伴不相信一個內地來的妓女會是北京人，或〈燒掉一棵樹〉裡，陳美儀不斷靠近凝視深淵，想像過「參加北京交流團的時候，服毒死在人民大會堂，令她痛恨的老師永遠不能升為主任」。〈綠牆〉中北京再次現身，成為一個理想（破滅）的指涉，雖然小說中只以「雨雪的首都」來代稱。敘事者家庭貧窮，全家榮耀繫於上大學的哥哥一人，畢業後哥哥到首都工作，一場社會運動之後，卻成為瘋人。曾經給予「沒有貧富之分」、「有偉人」、能夠「學最好的知識」的首都，能夠實現「下層的人重新築起房子，房子不再分高低」美好前景的那座首都，之後變成了自己的對立面，物質淵藪、「眾人的異鄉」。理想主義者變成了靜默的瘋人，這難道不是中國現代文學狂人敘事的外一章？哥哥只見到還叢聚著生機的綠牆時，眼中浮出光來——綠牆也曾在他心底。綠牆是否能像張愛玲筆下淺水灣地老天荒的灰牆，見證時代的傾覆與再生？

雨雪的首都曾是香港青年的嚮往之地，霓虹衝激蕩漾的香港也曾是大陸青年的嚮往之地。於是，〈南歸貨車〉中東莞小香江酒吧就顯得特別諷刺，中港之間的驛站，提供頹敗的女人、頹敗的酒，人們在那裡頹敗地唱卡拉ＯＫ。一點點真情，如同撫摸過綠牆後沾留指腹上的餘蘚，有一天能滋補出一缽花嗎？幻象之外，或許唯一的真實是節節高升的地產與沒有終點的疲倦。

註：這裡略略縮節了一點。廢名原詩句是，「『我的樹真長的高，／我不知哪裡將是我的墓』／他彷彿想把一缽花端進去。」

在荊棘與貓之間

一九七〇年代，西西發表《我城》，成為香港本土文學重要定錨點；她寫出香港混種文化如何明媚，也寫出對於速度與變化的憂慮。對於城的認同，一直是數十年來香港各類寫作者的重心，從最通俗的亦舒、嚴肅前衛的董啟章到憂懷深刻的陳滅，都可以看到同一主題如何各自表述。而這份城的認同，近十年來更遭逢資本主義與國家管控日漸凌厲的逼殺，絕望中高高激發起來，鐵屋中的吶喊。

讀到小說家韓麗珠散文集《回家》，我亦將之視為「我城」大譜系一員。所謂「家」，是自小成長、有父母童年的那個空間，是成年獨立後自行選擇與布置的那個空間，有貓陪伴寫作的那個空間，無形政商大手玩弄於指掌的那個空間。所謂「家」，也是這具日日使用熟悉又陌生的肉身，盛載這具肉身的房屋，包納了無數這樣房屋的城市。韓麗珠抒寫心、身、屋、城，探索衝擊這些「家」的力量，縫補衣服裂口一般，文字線索來回穿透聯繫這四個層次之間的關係；最後，再回到空間裡的同住民，比如母親，哥哥，失去的貓和現在的貓。

〈心閣〉寫理髮師開設的小店鋪裡，在上與下之際藏了一處小閣樓，週末夜晚，這裡就變身為爵士樂酒吧。理髮店兼酒吧，令人想起也斯名篇〈後殖民食物與愛情〉也出現類似情節。不過，不同於也斯寫作重點是東西今昔如何交織、差異文化怎樣撞出滋味，韓麗珠看重的則是內向省察。她寫：來到週末閣樓酒吧的人，都能「以高於日常生活一點點的角度」來度過那一夜；但是，閣樓變身，也就只能侷限在一小段固定時光，因為「每個人都是灰姑娘，都有打回原形的必要」。換言之，韓麗珠並不構思一個可供移民、隱遁的烏托邦，她重視現實，我們都可能找到一個縫隙暫時隱身，可是現實仍活生生在那裡等候著，不可逃避；「打回原形」不是懲罰，是必要。

也因此，寫出了〈休養空隙〉。生命如此擁擠，它必須照著一張社會時間表走，拖慢腳步或超出進度都會惹來異樣目光。在香港這樣的大都會，所有空間都有價，而價格則越來越高，擁有空間的人都不容易，都得思量著如何做更經濟的運用。什麼時間做什麼事，什麼空間負責什麼責任，就交會成為我們生活的經緯。這個秩序如此確切，形成壓力，如何奪得一點休息的可能？韓麗珠說，唯有在Rest Room，洗手間，關上門，切斷他人的目光，可以擁有一點點空隙，清洗皺褶裡的淤沙。也因此，上其他人的、其他地方的洗手間，總是很難完全放鬆，總會在最微小之處找到讓人難安的刺激點。

大都會裡我們只能通過密封的手段，才能取得安全與寧靜。比如〈密封〉裡寫豪宅可能坐落在車站、公路甚至垃圾站附近，不過，住豪宅的人自然會把房子關得密不透風，即使身處地獄裡也能建立無菌天堂。要這麼做，先決條件就是金錢，居住這件事情原本就是非常階級化的，對沒有資源的人，地獄就是地獄。想想二〇一一年菜園村抗爭事件，那些長期與土地縫合緊密的人、平房與菜園，長期積累才成形的記憶與日常，是認同的核心、情感的後盾，但是開發主義如坦克履帶，總以壓平再造，作為其改寫地方的唯一策略，因為最簡便，也因為簡便，所以最暴力，而在這類暴力底下，最不具資源的人最先犧牲。韓麗珠寫了這個事件給她的衝擊。過去，她的文字給我一種纖細、自省、收斂之感，在〈菜園村〉一文裡，文字風格基本上仍然延續，但加入了一份訴諸於外的堅持。

〈比身體更小的囚籠〉裡，她試圖替人們找到精神力量：香港這座城似乎在消失之中，在所有螳臂擋車的行動裡，卻讓人格外意識到香港確切存在；人們為了爭取公義而被捕，同時也意味著自由的美麗，人們是真的在乎。〈因為在街上流了血的人〉反省了憤怒這種情緒，它是力量，也是陷阱，能為抗爭者所用，也能為鎮壓者所用。當年魯迅接獲青年們的死訊，「怒向刀叢覓小詩」，韓麗珠也說要把收起來的憤怒磨得更鋒利，用在當用之處。

散文一般總認為與生活脈動貼合更為緊密，更能於日常表達中見心血，利用報紙方塊、網路空間，即時為我城畫像，長篇短篇也較其他文類更圓轉自如。《回家》直接控訴的篇章不多，不過占十分之一二，包括〈雨傘和徒勞〉這樣的短篇，則明顯是抗爭運動進行過中即日寫下的。這些篇章被其他對於城、對於空間、對於記憶的私人感覺所包圍。私人感覺的表述並不離地，並不晦澀，更不浮濫，正是韓麗珠展現「我城」懷抱之處。正因為擁有豐沛感覺，才能衍生出對於那些社會事件的憤怒；當她試著闡述憤怒的來源，以及她的城、她的家可能循著什麼路線崩壞，才因此可信可觸，不是乾燥的主張。沒有抒情作為基土，任何意見亦將只是標語的旗幟，而非生長的枝椏。

全書最後，留給貓。寫養過的貓，寫小島上村居日子的貓。不同的貓占住不同位置，以不同方式，或深或淺依賴著人。愛一種動物，學習牠們的相關知識，學習讀懂牠們這個眼神、那個姿態，反過來映照自身。不一定非要把牠們收進家裡，如〈貓客人〉說的，「偶遇時善待對方也是同等的美好」。甚至，在家屋以外的地方，重逢那些偶遇過的貓，也生出一份熟悉，好像家屋的庇蔭延長了一點點。

那不是世上最終一隻白馬

山田洋次有部電影就叫《弟弟》，我是衝著導演與女主角吉永小百合去看的。小百合滿臉溫柔與無奈，弟弟的脫序幾乎像是一場嚴重的撒嬌。那樣的撒嬌，是因為無法抵擋那漂流於家之外的孤獨嗎？

陳慧《弟弟》寫譚可意和譚可樂兄妹，相差十二歲，情感一路變化，因為不同（生理）性別成長的社會期待與自我校正、城市不休止的汰舊換新，也因為與香港進入二十一世紀以後社會運動潮浪相左右。弟弟可樂不見得總是撒嬌的一方，有時候，姐姐可意也多麼需要弟弟的慈愛。當姊姊逐漸脫離學生時光，弟弟長成大人，父親母親走遠了但偶然回來，思想上成為陌生人，或者走遠了但真的回來，情感上竟能彼此傾訴扶持。

姊弟都經歷過某種和家告別的過程，卻又從來不是真正漂流於家之外；那孤獨總在可意與可樂重新擁抱攜手時融去一點點，家的意義，也在香港屢受磨難的過程裡反覆改寫。而陪著可意走過無數倉皇時光的男友麥可，以及大學好友阿草，連著可樂可意，一起開設了情調濃厚的「麥草可樂」，是咖啡館，也是文化據點，只做自己開心、覺得有意思的事，這是血緣之家以外的家。

陳慧有意識地讓《弟弟》情節和語言比較鬆活，我想目的是讓讀者盡量享受閱讀樂趣，同時也具體表現出「似水流年」感——忽忽然就焚燒般迎向青春，天火落下來抑鬱與沉靜，來回梭織涼意與暖意，忽忽然又踏進了人生大事和我城大事交見的歲月。《弟弟》裡有幾個時間點特別標出來——

二〇〇三年初夏，所有考生戴著口罩參加中五會考，那是SARS襲擊的痕跡；二〇〇六年十二月十五日，可意在保衛天星碼頭運動現場看見男友與另一個女孩，挫折離開，隔日清晨從電視中看見碼頭鐘樓遭攔腰鋸下；二〇一二年十月之後可意不再看國慶煙火，那年發生了為觀賞（中共）國慶煙火而導致的船難，三十九人死去；二〇一四年九月二十八日，民眾湧入香港特區政府總部前和平示威，傍晚時警方卻出動了催淚彈，如此緊張且大動作，或許因為十月一日國慶即將到來……。小說與現實靠得如此近，因為這是香港小說家的急痛之書，感於強光迫近，海水升高，我城是否將淹沒於有生之年？可意出生於《中英聯合聲明》出台之後，而可樂，正是一九九七年出生的後九七香港之子。然而，人好比珠子鑲嵌在時空脈絡裡，未必只能循軌滾動，還可擦碰、彈跳，試著撞出不一樣的宇宙。

後九七香港之子譚可樂怎樣煉成？保衛天星時，可樂問，「為什麼這碼頭不可以拆，我們不是已經拆了很多其他的東西嗎？」可意說，「要是我們現在沒有好好的把這碼頭保存下來，你將來就不可能在這裡製造你的回憶了。」小說裡這樣補充：「那陣子冒出來一個名詞叫『集體回憶』，我覺得很可悲，回憶還要靠集體之名義，才站得住腳說得下去，太委屈。我的回憶就是我的，誰也不能搶走占有；我就是要可樂將來有他自己關於天星碼頭的回憶，他不需要其他人的集體回憶。」小說即使依託著歷史，也並非僅僅複寫現實，陳慧鎖定社會變遷裡的人，這些人並不活在「借來的時間，借來的空間」或「浮島」，他們實實在在從島與半島長出來，雙腳牢牢踩住，一步步測繪出生命的長寬。每顆珠子都有它成形時為自己打的繩結、都有它滾動的旅程。

到了雨傘運動，可樂已經長成了一個有點早熟的中學生。這次，他和姊姊都在現場了，「打開的傘紛紛從天橋上落下，被暈黃街燈映照著，一朵一朵，奇異的花，群眾接過就用來遮擋胡椒噴霧」，感官中充斥著暴力前響，「那股辛辣的氣味，還有噴射出來時『嗞、嗞』的聲音。就像毒蛇。時間停頓，事情膠著」。還有占中後的催淚彈，選舉後的狂喜和絕望。因此，可樂又問了：「有用嗎……？」或許這不算發問，而是一種呼聲從心臟裡擠迫出來，不只可樂問，人人都在問。可意拚命說鼓勵的話，可樂卻回答：「譚可意，妳天真，我愛妳。」什麼令一個青春少年不再相信世界？

小說中引用謝安琪〈家明〉（黃偉文詞），劈頭就說「他出發找最愛／今天也未回來」。可樂未回到可意身邊，她彷彿就失去了在這世上的憑依。找最愛卻鎩羽而歸，可樂這樣的後九七香港之子，「他不過想要愛差點上斷頭台」、「誰願意為美麗信念坦克也震開」。信念真可以震開坦克嗎？可以驅散催淚彈嗎？可以令你我築起永恆街壘嗎？「家明」，最普通的香港名字，在親戚鄰里、新聞報導、言情小說都可見到，我這一代台灣人必看港片《金枝玉葉》張國榮飾演的角色也叫家明。無數家明在我城裡活著，可樂是家明，人人是家明。歌詞中說「也願你任由他／騎著世上最終一隻白馬」，姊姊對弟弟最不可移易的信賴，就是任由他騎著白馬，騎入硝煙中，出發找最愛。

可意始終執著於保存記憶之所繫，無論二〇〇六年或二〇一四年，都是如此。那是年歲上走得前面一點的香港人對於後來香港人的溫存，像絲線圜轉纏綿。在《弟弟》前三分之一，已看到可意如何眷戀前代人的房屋，敬重祖母腦海裡的香港街道圖，「我的時代廣場是她的電車廠，她和祖父拍拖，在路上一直走一直走，不捨得回家，電車都在排隊進廠，一輛接一輛拐過霎東街，電桿會閃迸出小火花。」這小火花接連開放，從過去到未來，會讓我們看見不只一隻白馬，絕不是最後的白馬。

輯四

我的身體比宇宙略大

身體的美夢與噩夢

這是一本幾乎由女人組成的小說。

單身上班族女郎，離婚的中年陪酒小姐，青春期的女兒，以及嚮往著激情的邂逅卻一次也不曾經驗過的，疲憊的都市女子。這些女人，演出了一個救贖的故事，和一個毫無救贖的故事。

在中篇小說〈乳與卵〉中，以獨白、對話和筆記推動劇情，圍繞著「卵」和「乳」——更精確的說，是未受精而流走的卵子和想要使之變大的乳房——兩個極為女性的特徵，帶出相依為命的母女、同樣獨身的姊妹之間的情感連帶。

這也是一本喚起女性最初身體感受與身體困惑的書。記得胸前開始膨脹，帶著難明的漲痛，感覺有事情在白制服下發生著，好動也突然變成沉靜，你不知道是多了甚麼還是少了甚麼，觸碰了甚麼或告別了甚麼；記得月經來潮，端坐數學課堂，坐熱的木板條楨著大腿，從內部深處湧出來，像身體裡有個自動小機械在運轉，有它自己的程序不需要經過你的同意。

對卵子的命名、功用、存在和旅程，處處皆流露著不同意的女兒綠子，年增色衰而忽然熱心地開始收集隆乳手術廣告與知識的母親卷子，剛好構成一組對比。拒絕說話只在拍紙簿上寫字，綠子以為這樣可以降低衝突的發生，而她們的來訪與存在，正使敘述者「我」，得以站在一個若即若離的位置，一面看見自己的未來，一面看見自己的過去，而同時懷有成熟的卵子與乳房的「我」，除了就讓自己處於這女性流脈中，記錄那對母女彼此疏離又交心的過程，似乎是被動的。

大凡女性寫作者，尤其是成長在女性主義成為知識重要配備的年代，看待身體不得不然的變化，是否已不再有上一代的惶惑與恐懼？我記得整整比我大二十歲的朱天心，曾在〈想我眷村的兄弟們〉敘述成長的壓抑：「好比她確信經血是有氣味的，她便無時無刻不謹慎選擇站在下風處，以防氣味四散；好比她發現再無法阻止胸脯的日益隆起，痛哭之餘日日展開與它的搏鬥，偷過母親的絲巾把它緊緊綑綁住，或衣服裡多穿一件小學時的羊毛衫把它束得平平的，有一回廝打時被誰當胸撞了一記，當場迸出眼淚差點沒痛暈過去。」比我小八歲的湯舒雯則在散文〈初經．人事〉中，有過類似的抗拒：「一方面暗暗苦惱著胸前漸趨明顯的小丘，一方面如履薄冰，防堵著一絲一毫可洩漏的經血腥甜味。我試圖說服所有人，包括自己；想著如果一直只是個女孩，或許就可以不必負擔。現在回想起來，我的確執意避諱好長一段時間；面對體內那沉默而堅定更迭推移著的神祕力量，日復一日，我竟只想著要背離。」

至於年齡不過長我兩歲的川上未映子，在小說裡描寫尚未初潮的綠子，卻對這極具象徵性的生理變化嗤之以鼻：「基本上，有些以迎接初潮（迎接？明明是月經自己要來吧！）的女孩為主角的小說或書籍，一看之下，裡面有那種感謝父母把自己生下來的一幕，還寫說，這下子我將來也有當媽媽的一天等等，令我大吃一驚看了又看。書中的人都很高興來月經，還會跟母親商量，說還是不禁心情消沉。」可是她知道時間是無法拒絕的，從「卵」出發而逐漸長成人形、介入母親生命、乃至終於要正面面對世界的歷程，也是無法拒絕的。她在靜默和書寫中，也在克服自我。

想要隆乳的母親，質疑卵子的女兒。最後母親沒有去隆乳，女兒則藉著打破卵殼，想和母親重新遭逢。〈乳與卵〉從他者的眼光來敘述，而敘述者又和卷子綠子母女關係深厚，小說調子有距離而又親密，彷彿理解，而又有許多惶惑。

相較於〈乳與卵〉的細碎綿長，短篇〈你們的戀愛瀕臨死亡〉則顯得俐落，那俐落是作者對於都市女性求愛不得的荒涼靈魂給出了直截判決。小說開頭就說「長大成人的現在」——這可會是綠子那樣的女孩長大後將面臨的世界？而對於這些在緊張都市中生活的女孩，商品是她們能夠度量自身價值、表現曖昧內裡的外顯形式。啊，還有那些與同性朋友的耳語，身體的祕密，打游擊般的情欲體驗。女主角在這些碎片當中謹慎地、茫然地邁著腳步，還沒有經歷過其他女孩口中的神奇事件，皮膚已經開始乾燥，眼角的皺紋裡已經淤積著寒意。

有身體好好

朱天文〈炎夏之都〉裡，呂聰智陷身於中年迷障，理不清愛欲藤蔓，慣性和疲憊消滅了純真，卻總是一再想起大學時代女友做愛時緊緊抱著他像哭又像笑的那句話，「有身體好好，有身體好好」。

那是八十年代的小說，誰讀了以後能忘記那膠黏的汽車後座、深色玻璃外圓餅似照著交纏身體的太陽呢？三十年來，輾轉了幾代，從小說到散文，身體既是能讓虛構人物洪荒纏綿、自我啟迪，也能讓自傳性質的散文書寫有了新鮮的著力點——不少女性作者與男性作者都願意拿出自身體驗（女性更多些，男性我最喜歡是吳永毅的作品），往晦暗不堪處探討，那些衛生紙擦不乾淨的黏膩腥臊，那些崎嶇、邊緣、怪異，同時煥發成長、性別與社會意涵。我想是在前述漸次累積起來的基礎與氛圍中，蔣亞妮寫身體，水到渠成，特別願意承認從洞穴腔道深處湧出來的，甜蜜，疼痛，壓迫。

亞妮是比我小十歲的一代，從她的散文裡，我看到她（們）熟習跨國旅行與商品，對外貌自覺，比我成長過程所經歷更早，當然這與女性自信與動能的提高、消費社會的形成、觀念鬆綁等都有關係。戀愛裡充滿旅跡與商品，旅途也充滿戀愛與商品，當然，商品也同樣鑲嵌於另外兩者，像樹叢裡的寶石，記憶黑河邊傳遞過來的信物，閃耀著光輝。商品可以拿來界定自我，也能拿來觀察歲月與境況。而旅行、商品、戀愛，全部都要通過身體才能展演。如果說朱天文〈世紀末的華麗〉只是針對城市特定區域與人群，他們的身體彷彿消融在層層布料、色彩與氣味底下，只為風格而生；亞妮筆下的世界，身體回來了，世紀初青春踟躕，除了風格還有無數難題，還有那麼多待剷除的頑垢和糾結於排水孔的毛髮，左右了生命的流速。

《寫你》寫了很多「你」，寫父親，寫母親，寫女人生命裡的其他女人，還有男人。看過的漫畫、電影，聽過的歌曲，替這些關係提供腳本，框定感覺，然後就可以將之做為偏離、背叛的對象，學會告別，學會開解，因為是吃力學來的，還帶著還沒好全的舊傷，朦朧一片黃紫，寫作好像就是要穿過這層朦朧，向底下掏東西。而散文命名中出現「凡例」、「條碼」字樣，前者規範特定場域內的建構原則，後者則是編碼以利歸檔與判別，一旦醒覺到它們的存在，同樣難免偏離、背叛。歧路即命運。

回過頭來，還想再說說全書開篇〈水木清華〉。我得承認一開始拿到書稿，看到這名字，還以為真真要寫的是我任教的學校。結果沒這麼單純：是個叫清華但不讀清華的男孩子，以及不叫清華但是在清華讀書的另一個男孩子，愛上清華而後來終於來了清華的女孩，他們以及她的故事，清華（哪個清華？）在故事裡閃逝。這故事本身也許尋常無奇，關於執著，等待，性，曖昧，傷害，所有感情用事的元素，也可能其實是關於洗滌——洗乾淨了男孩鬱積著許多生活殘骸的浴室，洗乾淨了可疑的跡證，卻彷彿醋打翻了地上漫漶為白痕，汗在纖維間退後為黃色，不能徹底根除。也許心動再美，也終將變質為垢？彈性再

張愛玲百年：魅影裡的女性寫作

二〇二〇年，既逢張愛玲出生百年，也是干支紀年中難得一遇的庚子年。對於後者，熟悉中國近現代史者，難免想起西風東漸的大勢，國族主義的功與過；對於前者，除了歎惋天才，複習名篇，誦讀金句（它們被廣泛地雞湯化、張冠李戴、製成商品），還可以怎樣認識她在文學上的意義？

就從國族主義這一點講起吧。張愛玲個人形象與文學表述，總與個人主義畫上等號，一九五〇年代初她離開大陸，充分顯示對集體主義的抗拒。而她在二戰期間上海成名，所寫不脫家庭婚戀生活瑣細，厭之者認定逃避現實，愛之者稱許為消解格式，貼近常民。實際上，她有能力思考國族與政治，也曾經發表意見。《小團圓》裡，九莉大考當天遇到日軍攻港，戰爭像巨大機器嘎嘎嘎駛過來，砲彈落到對街炸死了人，目睹而未死的，全都算倖存者。燼餘裡九莉想的是：

她希望這場戰事快點結束，再拖下去瓦罐不離井上破。

希望投降？希望日本兵打進來？

這又不是我們的戰爭犯得著為英殖民地送命？

當然這是遁詞。是跟日本打的都是我們的戰爭。

國家主義是二十世紀的一個普遍的宗教，她不信教。

九莉所謂「國家主義」，應是「民／國族主義」（Nationalism）另一譯名，而非Statism。「我們」指英殖民地上的華人，和英殖民者劃清界線？——下句就否認了。只要對手是日本，都是「我們」的戰爭。從甲午戰爭、五四運動到抗戰，「日本」就是「（現代）中國」永恆的敵人與他者，「抗日」早已被含括為「（現代）中國」成立的血肉。接著，九莉表達了個人的立場，她不將國家主義——亦即「愛國」，當作必須遵守的道德，而視為「宗教」，普遍的信仰——但她不信。換言之，她就年代與教養，雖然是五四的女兒，政治態度上，卻是五四主流價值的叛徒。

不單單是對於國族的態度，實際上，張愛玲對於五四另一個主流價值——「自由戀愛」，訴諸當事人自決的婚戀方式，同時被認為更為自然、更為人性——也抱持著高度懷疑。

當然，張愛玲並非發出質疑之聲的第一人或唯一一人。廬隱〈海濱故人〉（一九二三）、魯迅〈傷逝〉（一九二五）、丁玲〈夢珂〉（一九二七）等小說，均從不同角度展現受新式教育、追尋自由的五四現代女性，在實踐上面臨何種痛苦與窘迫。無關乎個體女性是否足夠傑出、足夠奮鬥，而與社會結構有關。

從這方面來看，張愛玲比廬隱、魯迅、丁玲，更長久且全面地以文學形式表現她的質疑。一方面，她的時代距離五四已過了二十年，或許更能有距離地審視此一口號帶來的正反面效應；另一方面，女人與男人，家庭與人際，一直是她最感興趣的主題，情感與欲望如何運作，如何構成幻象、成長或失落，她寫得比此前任何作家都更細緻、清明。

〈鴻鸞禧〉、〈花凋〉裡積極待嫁的「女結婚員」，〈琉璃瓦〉、〈金鎖記〉裡以女人美色與生殖力為商品、通過婚姻交換利益。〈封鎖〉、〈紅玫瑰與白玫瑰〉、〈年青的時候〉裡，無論對於男人女人，自由，包括婚戀的自由，其實都仍受制於社會主流框架，而女人可能在此過程中更缺乏選擇，更需服膺體制。張愛玲很少拿反叛性格的女性知識分子作主角，更多去寫受過教育但仍無法、也未必想要衝破性別藩籬的普通都市女性，文憑屬於昂貴嫁妝，是炫耀的配件。

除此之外，我認為張愛玲在女性書寫另兩個面向上，同具開拓之功。第一，關於民國時期的女同性愛，第二，情與欲裡的屈從關係。

「同性愛」一詞來自日語，民國刊物常用，反而今日慣見的「同性戀」一詞當時較為稀罕。女同性愛在淩叔華、丁玲、郁達夫等人筆下都出現過。《小團圓》裡蕊秋就告誡女兒不要被另一個女孩「控制」，意即不要陷入同性戀愛。

一九五〇年代寫成的〈相見歡〉，表姊妹伍太太對荀太太傾慕，荀太太也十分領受這份傾慕，伍太太的女兒旁觀者清，「荀太太並不是嘮叨，盡著說她自己從前的事。那是因為她知道她的事伍太太永遠有興趣」，而這種感情到了中年還能維繫，「上一代的人此後沒機會跟異性戀愛，所以感情深厚持久些」。這種觀點，似乎認定女性同性情誼只是少女時代的精神後遺。然而，最晚應在一九七〇年代末之前完成的〈同學少年都不賤〉，張愛玲正面描寫了帶有身體欲望的女同性愛。

〈同學少年都不賤〉主角趙珏和恩娟，中學時代密友，後來兩人都到了美國，際遇卻判若泥雲。趙珏曾戀慕過學校風雲人物赫素容，不但偷偷貼臉磨蹭赫晾在外頭的衣服，甚至追蹤赫剛剛上過的廁所，坐上暗戀對象剛剛離開、猶有餘溫的馬桶，感受異樣親密。趙珏不滿足於精神戀愛，對赫的身體產生欲望，卻不知道該如何靠近，只能通過替代物，衣服或馬桶，遂行那難以伸張的渴求。

後來，趙珏開始與男人戀愛，自覺沖淨了過去對同性的愛慕；經過二十年情感跌跌撞撞，她認為只有「沒有目的／結果的愛」才是真愛。這樣的真愛，不見得只能在同性戀愛當中體認，然而，現實中卻只有存在於回憶中的同性戀愛，才庶幾近之，畢竟，異性戀關係難免被人審度：條件是否匹配、對象是否體面、是不是正當關係、有沒有生育。「沒有目的／結果的愛」，同時質疑了傳統包辦婚姻與五四「自由戀愛」，愛情不是為了雙方家族利益或標榜文明進步，也不是為了繁衍或救國而存在。

看來趙珏的同性愛經驗，也侷限在少女時光，延續了〈相見歡〉的說法。但是，小說另一主角恩娟卻非如此。趙珏中年與恩娟重逢，才發現她始終愛著中學同學芷琪，時地的阻隔、異性婚姻的成功，也沒有使愛消逝。趙珏感到駭異，並非因為發現原來恩娟是「真正的」（？）的同性戀，而是最為服膺異性戀婚姻價值、從婚姻這樁「合夥營業」得到最大好處的恩娟，事實上卻愛而不得、難以吐露，連婚姻帶來的高度社會回報都不能磨滅回憶與傷痛。趙珏所謂「沒有目的／結果的愛」，恩娟反倒無意之間實踐了。

再從情欲與屈從這一層面來看。張愛玲小說高度彰顯女性意識，但她並非教條化的女權主義者。早在〈蘇青張愛玲對談記〉（1945），二戰時期上海最重要的兩位女作家就談過兩性之間「被屈抑的快活」，今日看來或許不夠政治正確。從張愛玲小說觀察，她所留意並不單單只是女人如何獨立，還涉及一種明知不當為而為，壓抑但仍投入的激情。

例如，〈第一爐香〉葛薇龍完全清楚喬琪喬的卑劣為人，卻仍嫁給他，倚賴青春色相，替喬琪喬弄錢，替姑媽弄人。一旦年老色衰，下場可想而知。薇龍分析自我，「完全是為了他不愛她的緣故。也許喬琪根據過去的經驗，早已發現了這一個祕訣可以征服不可理喻的婦人心」。《小團圓》則以張愛玲小說過去從未出現的露骨性描寫，更深刻呈現屈抑與激情的雙生。這些性描寫並非為了增添賣點，而是體現愛情關係裡的恐怖——女人的身心苦痛不被正視，竟被當作情調，甚至佐證了男子氣概。即使如此，女人仍在其中掙扎求存，身體聯繫心靈，從中確認親密。這看似愚勇的行動內存在著無悔的熱情，就算走到盡頭，還有一份悲傷與溫柔，多少年後殘存夢裡，於意識不防備處湧現，也就是張在序言裡說的：「我想表達出愛情的萬轉千迴，完全幻滅了之後也還有點什麼東西在。」

張愛玲的創作生涯很長，經歷了不同的政體與時空，顛沛中始終不放棄對創作反覆思索與實踐，新環境新讀者都是考驗。她並不滿足於只是重複操演上海時期的風格，即使最被讀者喜愛。有人說張愛玲到了美國以後才思枯竭，題材重複，也不再如少作時時拋出雋言警句。我卻以為，她後半生膠著反覆重寫類近的故事，近乎徵候，正是她生命裡驅之不去的魔魅，《小團圓》說的「痛苦之浴」。更何況，〈同學少年都不賤〉敘事時空跨戰前戰後和中美兩地，叩問異性與同性的愛與滄桑，《小團圓》既總其大成，又在性與心理描寫上突破過往，直面不堪與陰翳——張愛玲赴美之後其實仍艱難地創造著，作為創作者，她從未懈怠。

手作

「女農」一詞，最初從《女農討山誌》（二〇〇四）讀到。一種身分、職業或專業特別加上「女」字，未必是貶抑女性，在不同的時空脈絡裡，有時候反而彰顯了女性領域的開拓、觀念的重塑、深具性別印記的思考與行動。返鄉務農，從事有機小規模耕作，基於環境保護、食文化的探索、性別認同的包容等理念而聚集起來的女農們，甚至發展出互助網絡與生活聚落（例如位於宜蘭的實驗農園「土拉客」）。近年來，官方也編印了報導類型的《女農筆記：12位女性農業工作者的生命故事》（二〇一四）、《女農之歌：12位女性農業工作者的生命故事》（二〇一八），而個人類型的女農書寫，也尚有劉崇鳳《回家種田：一個返鄉女兒的家事、農事與心事》（二〇一八）、葉品妤《不早不晚的耕廚生活：我在那山、那海、那田的悠活筆記》（二〇一九），深耕食農文化的網路媒體「上下游」的副刊上也可以讀到不少女農寫作。

另一方面，女同志題材寫作，過去以小說最多，小說文類以「虛構」為其身分，能提供合法的藏匿；詩則由於能以跳躍、暗示的技術來應造曖昧，也是同志書寫的選擇。相較之下，散文文類太容易與作者個人真實畫上等號，與同志題材的結合，較為稀少。不過，當性別議題成為朝野攻防熱戰處，並挑戰進入國家的視野中，無論保守力量如何荒謬與強大，仍打開了同志被認識與言說的空間，從虛構與曖昧進入日常寫實，包括被看見的程度向來都比男同志弱的女同志們，如陳雪、廖梅璇、楊隸亞、騷夏、李屏瑤等接連在散文上出擊，絕非偶然。

聚焦於女人、女同志與女農的陳怡如《泥地漬虹》，正繫合了上述兩股浪潮。這部散文集體感十足——作為女／同志成長的女性身體，從事重度體力工作而遠離主流審美的女性身體，渴望生育的女性身體，在傷痛與失敗中逐漸圓滿的女性身體——之中涉及女性與女性的多樣連結，不僅是戀人，還有母親與女兒，同一個聚落裡的女農與女農。以此為軸心向外旋開，牽涉到小農與代耕的關係，農村裡的宗教生活與人脈，乃至與家養或野生動物們的共處。

《泥地漬虹》描寫「母親」這個角色時，開展出特別豐富的面向。因為傳統性別分工，「母親」在家內或社會，都可能生活範圍狹小、自我意識受壓抑，而成為女兒眼中的負面典範；同時，結婚生子是異性戀世界最為普遍的既定道路，以生殖為中心，帶著難以變易的時程表，又往往圈禁了女性的自我價值追尋。由於身體條件與法律的限制，同志族群往往被「去生殖化」，甚至成為國家生育率下降的替罪羔羊；不婚不生，某種意義上也成為當代女性反抗社會性別角色分配的方式。然而，在陳怡如筆下，母親的凝視可能引發自卑，也因此激發反叛；務農而粗壯起來的身體線條，令她自己不知不覺地帶著與母親相同的嫌惡眼光審視自我，同時內在又分裂出另一個聲音，替身體辯護。

與母親的視線搏鬥，和穩穩踩進黑泥中務農所需的穩固骨盆與腿力，一起鍛鍊了心與身。但是，「讓母親理解」也成為作者的生命功課。例如，母女一起旅行日本，女兒帶領著，輾轉跋涉去看望深山務農的陶藝家，竟因此提供了理解的參考值，當女兒想辭職務農，母親立即就能具體想到那位日本陶藝家的生活風範。與此對照，「理解母親」作為另一項功課，在學習務農自炊的過程裡，女兒逐漸回憶起母親製作出來的食物滋味，一一自手作之下還原。

多位女性作家都著墨過的經血，本書中也有發揮。母親一向視經血為汙穢，目睹女兒放棄用後即丟、眼不見為淨的一般衛生棉，改用布衛生棉，浸泡洗滌氣味濃厚的血漬，簡直落伍返祖，「只能再次證明女兒是頭獸」，卻仍每每跑進女兒房間搜刮衣物來洗，包括沾有血漬的。經血也是血，卻因為它是生殖力與生殖機會再一次錯失的雙重證據，女體排出來的棄物，遂被賦予特殊意義。同時，它更成為女兒與母親之間的聯繫，當它第一次出現，往往是母親教導女兒關於身體的第一課，也是母親與女兒私語的一部分。面對從自己骨血中誕生的女兒落下經血，這血的存在，象徵著女兒擁有那一份骨血繼續綿延的能力，母親會別過頭去，還是因為辨認出自身也在其中而心思複雜？

《泥地漬虹》開頭是〈我多愁善感的身體〉，以〈一塊田，安置女同志的魂舒〉

收束，身體縱貫其間，而手正是身體探索世界的先端。過更為保護環境、身土合一的生活，意味著需要大量手作：布衛生棉要反覆使用，得以手洗滌，漬物要完成獨特味道，與手作者自身的菌相有關，通過空氣與手揉進材料。女同志做愛，手的靈活程度無物可比。女同志與女農生活中頻頻出力的手啊，深入到作物、泥土、戀人身體裡的手，農活時要不怕髒濁，做愛時卻得格外清潔，閉上眼單純憑觸感辨認深處皺褶，手指手腕手臂肩背大小關節，連環調控著豪情與柔情，逼出汗水與愛液，浸泡上下方寸，那也是一種醃漬吧。

再生之書

由在日台灣人李琴峰（一九八九—）以日文寫成的《獨舞》，主角趙迎梅／趙紀惠的情感資源——文學——複雜地鑲嵌在台灣當代文學、日本文學、中國古典文學交互參照的網絡裡。它是日本文學的一部分，也不妨視為台灣文學的外延。

就台灣歷史的角度看，小說提及大事件如九二一大地震、太陽花運動，小範圍事件如台大百日維新，鮮明地標誌出新一代女同志成長的波折與記憶據點。就女同志書寫的意義來看，《獨舞》再三向邱妙津致意，讀者們當可在小說裡感受到一種氛圍，由台大校園、文學課室與社團活動共同催生，似曾相識讓人想起《鱷魚手記》；然而，李琴峰卻有意展現青春大觀園的負片，所謂「對同性戀最友善的大學」，其實充滿了人際的黑水，主角受過傷的身體與心，封閉成為一隻恐怖箱，也許自己都不知道伸手到裡頭去會摸到什麼。就文化交匯的意義來看，《鱷魚手記》中屢次叨念著太宰治、三島由紀夫，日本近代文學中關於羞恥、美、死亡和文學的思考，也已內涵為邱妙津作品的血肉，而李琴峰則把這樣的邱妙津再吸收吐哺，使之能在日本文學中現身，也再次證明邱對不同世代台灣女同志自我認同塑成的長久影響。

然而，這部小說並非邱妙津顯靈版或轉世版，而是與邱妙津相距數個世代的年輕作者，展現了屬於台灣女同志文學文化活生生的遺產，也預備要說一個關於自己的故事——來自資訊求取迅速、交友管道相對便利、出走到異國相對自由、文化認同內容相對豐富的世代與社會中行走的女同志。可是，環境條件雖然轉好了，並不意味著做為女同志的孤獨感就能完全驅散。

二十年前，張亦絢發表小說〈性愛故事〉，裡頭那些少女同志們「知道的同性戀不過紀德王爾德，全都是鬼魂級的人物」，找不到文化認同所繫，何況這些例證還都是生理男性；小說且精準形容，當同性戀遇到了另一個如假包換的同性戀，「豈只是他鄉遇故知呢」，因為當時同志們要在稠人廣眾中辨認彼此的存在，仍需要迂迴試探，害怕弄巧成拙，畢竟整個以異性戀法則構成的世界都是異鄉啊。回到《獨舞》來看，不只邱妙津、賴香吟、陳雪，小說裡提及的還有中山可穗，這些台日文學閱讀同時滋養了寫作者與女同志這兩重自我，甚至成為相認暗號——遠赴雪梨參加同志遊行，另一對來自台灣的男同志情侶不就憑著主角手上那本陳雪《惡女書》，認出她的國族／性別身分嗎！

趙迎梅很早就萌發了性別意識，當然，很快也就發現嵌不進社會常模。帶有神祕之美的小學同學丹辰，是她情感首先投注的對象。什麼樣的情感呢？就是社會常模中人們認為王子與公主之間應該發生的那種，但是，她和丹辰，是兩個女生。這段感情以丹辰意外死亡作結，我要再度引用張亦絢同一篇小說裡的鏗鏘之言，「同性戀是初戀即出生……哪有本錢像異性戀那麼蹉跎？——按部就班的成人，那真是貴族極了的想法」，正是以丹辰之美與死作為起點，魂兮歸來，趙迎梅僅僅是小學生，卻藉此確認了作為女同志的自我的生存感。

《獨舞》主角把名字從趙迎梅改為趙紀惠，一方面具備在日本生活時的便利性，另一方面，改名，意味著求取不同命運，也是一種告別過去的手勢。然而，即使改了名字，人還是同一個人，身體還是同一個身體，發生過的事情也並未因此斷尾留在過去。主角遭受以女同志為報復對象的男性暴力，因此，此一仇恨行動同時作用在兩種身分上：女性與女同志。這非自願的經驗似乎把迎梅改造成為曖昧的事物：一開始的小心翼翼與憐憫，是把她當受害者看，後來人們的不以為然，則是氣憤她何以不能扮演一個走出陰影、迎向陽光的正面形象；她在人群中的獨行與隔離，像是在提醒這個世界如何不夠、遠遠不夠。甚至，小說裡暗示了這樣的真實：女性與女性，女同志與女同志，似乎是社會運動中一種緊密相依的分類，承擔同樣的不公，然而，她們同時是一個個單獨的存在，共軛卻不必然保證就能感受同樣的苦。

自陳雪《人妻日記》問世以來，似乎象徵著迎來了台灣女同志的春天：與認同苦苦搏鬥掙扎的身影轉蛻為再尋常不過的日常情愛修行。但是，探問自我根源的需求與呼聲，走過泥濘與輾壓的膽戰，並未從文學中消失，也並非就此從女同志的人生清單上刪除；輕盈如李屏瑤《向光植物》，沉重如《獨舞》，都仍試著回應。畢竟，保守勢力持續播散惡意，選舉受挫拿性別平權作為替罪羔羊；回望這樣的世界，對人間保持友愛，並不是容易的事。

「透過書寫死亡，她終於活了下來」。小說裡，主角在地震、成長與夢境中，確認了丹辰及其粉逝對自己的意義。在丹辰之後，一切彷彿都成了餘生。相對於丹辰，相對於邱妙津及其筆下世界，趙紀惠走過了狂鬱與死亡征途，堅持與孤獨對弈，這或許就是倖存者繼續護持勇氣的方式。

荒誕宇宙連環圖（係金A）

一、

同年紀（一九七八—），同樣高雄人，也同樣在前鎮區長大——騷夏的童年應該也就是我的童年。不過，她的童年劇場，我讀起來卻四分熟悉，六分陌生。

我的「前鎮區」在二聖路一帶，繁華三多路後院的寧靜小世界，她的「前鎮區」則是一般高雄人提到「前鎮」立即會浮現的，俗稱「草衙」那一區塊，更莽雜，突兀。相對來說，騷夏童年更富有村俗的趣味。即使兩處之間開車不過十五分鐘距離，生活經驗與日常景觀就產生了差異。

但是，我們仍共享一種氣息——與其他高雄出身、年齡相距不遠的寫作者並看時會更為明顯，無論是言叔夏的高雄，或王聰威的高雄，或孫梓評的高雄，無論寫作筆法更靠近詩，或更靠近小說——都仍然瀰漫著灰色，粗顆粒，突飛猛進的八十到九十年代初，這裡那裡遺落下來的碎片，與時代色彩相反，浮盪著一股古怪的人情。

《上不了的諾亞方舟》全書以上述氣息為基調，大致分為兩個部分，一是成長紀念冊，以前鎮、旗津生活經驗組成，二是紀念冊縫隙裡蠢蠢欲動，祕密摺頁般存在著的，關於身體與性別的最初試煉場。兩者篇幅並不等同，然而，後者猶如大團棉花裡的鐵粒，一點點就很有重量，一攢緊，掌心就感覺到抵抗。

二、

小騷夏童年時代實在讓人失笑。比如〈屎窟〉，寫童年在外婆家，不願意使用尿桶（也和張愛玲一樣覺得淅瀝淅瀝的尿聲太響嗎），又不敢單獨去坐落於外的屎窟（那是海邊呀，埋伏著吃屎蟳），阿嬤愛睏不想立刻陪她去，「這時我就是會掀開她的上身，鑽到她懷裡吸她的奶頭，用門牙抵住用力啾下去」。〈回家過年〉提及外公離開大陸時沒帶自己母親的照片，只能描述特徵，請畫師幫忙，不過呢，當時畫這種尊長肖像大概都得按照一定的程式，一種致意寄託的憑藉而已，是否真與本人相似反不是重點了；小騷夏看到外公友人家裡也掛著相仿畫像時，就相當直覺地開口問了：「為什麼你家也掛我阿祖的相片吶？」爺爺們都好尷尬。〈壽司〉寫炎熱南部必備家具草蓆，著迷於卷壽司的小孩們聯想力很足，拿來捲人體壽司，媽媽看到簡直氣到倒仰，包死人才用草蓆呢！

當然了，親戚們的作為也讓人嘆為觀止。〈大家樂、錄影帶、紅龍〉一文就是好生動的一九八〇年代島嶼寫真：姨丈開設錄影帶店，逢時逢運，一卷一卷千元鈔橡皮筋束起來，太多了抽屜塞不下，就存放在乖乖桶。生意這麼好，拷貝與倒帶需求很大，且又以色情影片為大宗，表弟妹年紀尚幼，「充滿呻吟與吃香蕉的畫面」環繞下，百無禁忌地長大。（我上次在文學裡讀到類似場面，是朱天文小說〈柴師父〉，啊生猛羶腥、神魔共昌的台灣！）最讓我驚奇的是，後來姨丈改行經營水族館，以迎合當時簽賭盛行、人人求運的氣氛；水族館也會出錯，好幾萬塊錢的魚養死了怎麼辦？呃，姨丈拿去清蒸了，「肉很硬，刺

是關於災難、救贖的想像，也可能脫不了兩性框架；大難臨頭，方舟上收留所有物種一公一母，為的是未來延續生命，那麼，同性戀呢？因為無法以一公一母的組合出現，因為對於延續生命沒有直接用處，就可以被捨棄嗎？抗拒生理構造上命定的功能，算不算一種艱險的自由？

本書偶然出現一點南北對照的痕跡，如〈去海邊〉寫颱風過後，得去海邊撿拾鋁罐和木炭，前者可賣，後者可燒，因為外公外婆節儉不裝電熱水器，還是使用柴灶，「我蹲在灶前撕報紙生火煮洗澡水的時候，台北仁愛路圓環第一家誠品已經開張」，那是一九八九年。這對比或許稍嫌戲劇化，不過，對於騷夏和我這樣的南部小孩來說，誠品書店是台北來的文學雜誌上美輪美奐的廣告圖像，是都市品味生活的象徵物，是她奮力生火而我仍嚼著雜貨店一粒一元足球巧克力時，飛在我們頭上的，另一艘踮腳尖也看不到的方舟。

女同志憂歡派對

同志寫自己的故事，家和校園是最早的試煉。過去同志是非婚、非生殖的，直接悖反「家」的一般要求，與家長抗爭、逃離婚家，乃必經過程；而男校或女校全由同性組成，和情欲萌發的青春期疊合，更能察覺自身與其他人有何不同，顧肇森小說裡的名校好學生張偉，就因此放棄了初戀，自我閉鎖在堅不可摧的成績堡壘中。

我總以為，台灣女同志文學經典〈童女之舞〉不僅僅表現了清澄又迷惘的同性戀愛，更演示了同歸殊途：鍾沅一生都在追尋與冒險，童素心走入安穩異性婚姻，她們都避開了危險核心，鍾沅從未真正與最愛的女人在一起，而童素心不只從未與最愛的女人在一起，還拒絕了女女的正面親密關係之路。女校時代曖昧難言的記憶，封存成為聖物。童素心的丈夫很可能多年後察覺真相，那就變成了朱天心〈春風蝴蝶之事〉那個終於看見妻子自白的丈夫。

逃離與閉鎖，未必能解決生命的分裂。自我真實與世界框架格格不入，該修剪自己還是該試著撐開框架？上世紀九十年代以降台灣同志文學，常見以分離和死亡為結局，藉傷害和放棄來自救、他救，顯然選擇的是修剪自己。然而，性別運動的積累帶來了教育、法律、社會的變化，畢竟撐開了框架，近十年來的同志文學，蛻化出一種清明自信。先不論陳雪與早餐人以日常為傳奇、把女同志間的情感體悟擴增為通用性的情感建議，我指的那份清明自信，是比如謝凱特《我的蟻人父親》、李屏瑤《台北家族，違章女生》這樣的散文作品。

這自信其實前有所承。張亦絢〈性愛故事〉裡明確點出「同性戀是初戀即出生……哪有本錢像異性戀那麼蹉跎？——按部就班的成人，那真是貴族極了的想法」，跳躍性地長大，被迫早熟；換個表述方式，張的話就成為謝凱特說的，「我的成長沒有範本」。《孽子》中的阿青雖然失去了親族的支持，卻在公園內找到了朋友，建立了新的情誼網絡，同時還有一種「傳承」、「接力」意味，曾在新公園內被接納的阿青，也開始有餘裕能向更年幼的迷途者伸出橄欖枝。

到了《台北家族，違章女生》，李屏瑤向讀者展現了同仇敵愾的女性世界。女校不再是荊棘地，不再只是兩個女孩既公開又遮蔽的空間，同時也可以是「大家同一陣線，一起對抗追逐校外的暴露狂，一起討論作法，不會有人跳出來說，是不是妳裙子穿太短？是不是妳行為不檢？是不是妳太早到學校？」女孩陣線給予的洗禮，讓她可以在公車上看見上班族騷擾女學生時，走過去「快速踹了那男人的膝窩」。

李屏瑤寫小時候被稱為「歡王」。閩南語發音「歡」，不就是大膽嘗試、狡怪越界？天生的突擊隊員。與其等待，不如主動示異。例如剪短頭髮，一個賦權儀式，讓她放開了，堅強了。一個短髮、不穿裙子的女同志，容易被指認為T，但她好整以暇回答：「我不是T，我是正妹。」《台北家族，違章女生》中更進一步界定自己為「女生樣的女生」，誰說「女生樣」只能有一種款式？她可是有線條、有力氣、能反擊的正妹，不是為了讓男性評審、讓男性欲望而存在的正妹。不過，「歡王」也有她的憂愁。

女同志是女性與同志的結合，承受雙重邊緣處境，這說法早已是老生常談。張娟芬寫過，女同志的焦慮還包含了「如何被看見」，她們常被認為是甜美安全的無性存在，沒什麼威脅感的姊妹情誼。隱形危機同時作用在女性與女同志身上。李屏瑤就告訴我們，餐桌上女性的愛好不會被記住，團圓場面中的缺席女性不被意識到因為根本不存在空椅子，她們不被保留座席，身為外姓孫女，她為阿公捐了一隻紙紮勞力士可是就有親戚氣急敗壞大喊外姓人不能一起拉繩圍守，「否則庫錢會被半路攔截」，好一齣父權宗法的倫理劇！

這部散文集更大的意義，更在於為同志的承接網多加上一道堅固的繩與結。資訊匱乏的時代，同志族群只能在檯面下曲折活動，〈童女之舞〉作者曹麗娟曾提到，小說裡一支電話號碼，就能讓多少孤獨無傍的人試著撥打，說要找「童素心」——不知道那與我同氣、同命的人在哪裡？然而，今日同志交友便利，是否就意味著不需要那張文學的承接網？李屏瑤寫，在她的成長中，「求生之路如何不滅頂」，依賴的浮板是書與電影。有一天，她寫了書，也成為了另一塊浮板。走上街頭，出櫃現身，意義當然很大，讀一本以同志為主題、袒露憂歡的書，那是默省默識、貼身的反芻體驗，任何公領域行動再轟轟烈烈都不能取代。

同志與女性成長之外，書中還存在著幾個場面，滾燙青春中的荒絕，特別震動。昨日大難未死的母親，今日仍固守市場一角，攤位上堆滿雞腳，滷得發亮；小學生練習躲避球，球不慎敲中附近停著的車子，車主沉默地拿起鑰匙，戳爆那顆球；還有父親，每次高調現身又泥鰍般滑走，以各種配備與場面展現自身如何瞎趴、如何吃得開，充滿了表演感；我想起間諜小說家約翰．勒卡雷自浮華金粉中一躍而出、微笑神祇般的父親，《台北家族，違章女生》裡的那位，雖然小規模，也有他自身的寶光閃爍。

一千零一夜

愛情裡患得患失，會不會也有那麼一瞬這樣想像：寧願是對方的母親，姊妹，兄弟，無論怎樣怨懟難堪，總有些什麼割不斷，血與夢裡，身體面容的外廓或局部，關聯無法消除，無言即可印證。普通家庭裡長大的孩子，說話浮起尾腔，做菜或清理時順序非得如此，多半來自童年耳濡目染，塑形培力，長大後多少年都改不掉，家人是以這種方式如影隨形。

讀謝凱特第三部散文集《我媽媽做小姐的時陣是文藝少女》，總使我想起《我的蟻人父親》裡那個替兒子挽面的母親和就這樣仰面接受母親手藝的兒子，母與子親密起來，宛若最強的愛情。或者不見得多麼稀奇罷，然而，在寫作者筆下揀選出來若干事頭與畫面，聚焦，放大，探到內裡舉火讀壁畫也似詳加照看，那親密又黏稠了幾分。

母親讀張愛玲的文藝少女過往，母親未接力的左手，母親的小奸小壞，堅持或徒勞，兒子寫來如數家珍，撥開記憶夾鑷出細小珍珠，成色不均，形狀未果，但完全就屬於母親與兒子；至於自己曾經怎麼數落過母親，有意無意傷害過母親，自以為聰敏地辨讀出母親這樣那樣背後沉沉的心思，隔著寫作必然存在的距離審視著，恍然中提煉出來愛之真諦——沙有光，雲有根。

這年代照片貶值、信件失能，散文寫作者筆下究竟多少真實，也在文學獎與評論家的中介與指點下，顯得稀少可憐。《我的蟻人父親》卻附上了全家福正襟危坐照片，《我媽媽》一書則以母親親筆信領頭，多多少少帶點古典意味。對於「家」的省察，懷疑並重新估定親子關係，是近現代社會與價值重整下的反應，為家庭題材書寫撐開迴旋空間，謝凱特寫家人，放在這一脈絡下如是觀，好像只是一整支大軍中的一員，但我以為還有一點使得他的寫作別具意義，即添入性別視角。

遍布於各式文類——現代詩如鯨向海〈致你們的父親〉，「我和你有多少分相像？／你也是G的嗎？」或郭強生《何不認真來悲傷》，於父親老病欲求乖張之中看見自身如何失落，或林佑軒小說〈女兒命〉中同樣在女性服裝中追尋隱我的跨性別父親與跨性別兒子——彷彿自成小傳統般，從《孽子》以降，自覺同且不同的兒子渴求得到父親的認可，從母親那裡想得到的則是柔情。從《父親》到《母親》，儘管書名好像標示出差異，其實謝凱特寫得最入情的都是母親。母親柔情中有剛氣，也有癡執，這些傾斜處都比一般親情散文中無私奉獻、包天攬地的聖母者形象更動人。儘管謝凱特援用了「聖殤圖」（聖母扶抱著聖子），說的卻是母親和他帶回家裡的貓。

那封手寫給謝凱特的信，最後問：「老是說這些無聊的事，你會聽膩嗎？」不會啊不會吧，老媽版一千零一夜，在兒子的寫作裡栩栩再生。

腐壞中保有一點點純情

從《我是許涼涼》到《生活是甜蜜》，寫成熟女性的戀愛世界，李維菁寫出了自己的門路。張愛玲說，《傾城之戀》裡的白流蘇，在她原來的想像當然超過三十歲，怕這一點大眾不能接受，改成二十八歲。許涼涼和徐錦文被讀者接受，是值得高興的，雖然，她們要的人生比白流蘇困難，因此也顛簸多了。

郭良蕙、蕭颯、袁瓊瓊等人都寫過成熟女性的戀愛，袁瓊瓊寫得最好，細膩處簡直有黏性。蘇偉貞也寫過，有段時間我迷得不得了，她的女主角一貫清冷明慧，氣息迷人，和男人或情敵之間高來高去內心小劇場十足；但是讀著讀著我總想，如果我也是那小說中人，這樣粗神經，一定會被女主角鄙視，忍不住就倒退了幾步（太入戲）。

可是，徐錦文這個女人——《生活是甜蜜》的主角——讀者卻可以在書中讀到她的世故、癡心、挫折，讀到她聰明與傻氣。徐錦文有潔癖，中年以後也越有一股子冷氣散發出來，在在都使我想起蘇偉貞〈舊愛〉裡的典青、〈世間女子〉裡的唐甯。但是，徐錦文沒那麼硬性，她內心裡有一處承認自己的庸俗，又痛惜自己曾經如此奮不顧身，所以那冷其實是面具，是涵養，是年歲；也有哭到臉都花了的時刻，頭髮沾黏在臉頰上，受傷自棄，無人理會，很難堪，可是那自棄竟飽蘊力量，泥地裡也掙扎站起來。

小說以不成功的相親貫串開頭與結尾，在稱斤論兩的案板上與下之間，蒙太奇般切接徐錦文最在意的兩件事：愛情與藝術。愛情像圍城，藝術也是；她不想出來，可是她被擠出來了，好像愛情與藝術孕育了她，最後又將她分娩出去，使她承受自母體失落賤斥的痛楚。從另一方面看，也像巴別塔，以為可以藉此通達至遠至高至深處，天上人間無有分別，卻被一頭打落，分開了話語，然後內心仍鑿刻著通靈招魂的記憶或願望，艱辛地活著。〈晴天卡拉斯〉裡說的，錦文相信「藝術是收容整個宇宙的孤魂野鬼、孤獨無依者的處所，那裡是靈魂平等相依、終至融合成一體的地方」。

我特別喜歡李維菁寫徐錦文謀愛謀生的感悟。聽到客戶介紹的、藝術品味剛愎無聊的相親對象在背後批評她年紀，一點都不能忍受，她知道「用品味的勢力來打人耳光」，這招對於「那些渴望風雅的人特別殘忍」，這樣尖刻；可是，〈我討厭這首情歌〉裡，也甘心坐在買畫的建設公司老闆會議室幾個小時，喝三合一咖啡，等一張可以解決她半年生計的支票：「一旦她覺得委屈，他們不就得逞？」「只有你覺得受辱了，別人的侮辱才成立。」這不需要羞恥，這只是「一個女人在安頓身心的途中遭到的小小障礙」。在尚未蛻化完全的社會裡若渴望女人獨立，不願意成為穩定結構一塊拼片就滿足的女人，大抵在李維菁小說裡都可以得到撫慰。那撫慰不是她憐憫妳，而是戰場同袍的血氣相應。

女人和男人之間不僅有戀愛，還是敵與友。〈時光的分內之事〉寫女人及父兄的關係。父兄提攜妳，鼓勵妳，叫妳往前闖，但是隨著妳羽毛逐漸豐滿，父兄逐漸老去，有一天他會開始貶低妳，貶低裡彷彿還有體諒，從勉勵妳在男人為主的世界裡「不要怕」，到斜睨妳要妳明白「女人」身分給了妳優勢但是那不是實力。發現妳不願意接受安排好的「女人／次等」位置，就卯起來羞辱妳，並且繼續找尋可以安慰照顧提攜的更年輕的「女人」。也許這樣的「女人」才能同時使父兄完成他自己，一種男子氣概的自足世界。還有〈貝露莎〉，寫女人，女人與女人，女人和她追蹤崇拜的明星；敵人就是朋友，偶像即分身。看到「全球化，世界大同，巴黎倫敦東京威尼斯哥本哈根，當代藝術的串連，她是藝術人，地球人，是宇宙人，乘著翅膀飛翔，天下無敵」這樣的句子，看到知識的判論與服裝潮流細節與美少女戰士混搭，我還以為是世紀末朱天文重返；但是，沉浸在物質之海，「年老色衰，米亞有好手藝足以養活。湖泊幽邃無底洞之藍告訴她，有一天男人用理論與制度建立起來的世界會倒塌，她將以嗅覺和顏色的記憶存活，從這裡並與之重建」，錦文簡單俐落得多，「除了心橫別無他法存活」。米亞在小說裡沒遭遇到父兄搭建圍繞的那些路障。

胡適詩裡說，「偶有幾莖白髮，心情微近中年，做了過河卒子，只能拚命向前」，徐錦文則是已在中年，以為過了河，其實那河還在心底，情緒轉為燼餘，煙花落地粉逝，低頭看見形與影黑河對望。當年張愛玲這麼說蘇青：「謀生之外也謀愛，可是很失望，因為她看來看去沒有一個人是看得上眼的，也有很笨的，照樣地也壞。她又有她天真的一方面，輕易把人幻想得非常崇高，然後很快地又發現他卑劣之點，一次又一次，憧憬破滅了。」但是蘇青還是有她的興頭，她的火光。自由女子可以引之為知己的徐錦文亦如此。

當我們談論愛情（的盡頭）

熱戀中的兩人，走起路來其實是相互提防著的。像兩名緊密合作而又猜忌著的鴛鴦大盜。緊握著手，捱擦著，有時候又謹慎地保持五公分，恰恰好可以聞見對方頭髮與大衣。他們將熱情投注在交纏於地上的影子，他們調節呼吸，怕輕薄皮膚底下會有甚麼忽然竄出來撲向對方，他們過份地想像對方踉蹌的那一步是因為靈魂正擠壓著發出呻吟。而不過是在下一秒——

可能是誰觸動了那金鈴，吐露了咒語，某一方不小心鬆開了絲絨領口，讓激情焦燎的熱氣湧出，可能是城市光源混亂導致他們突然不能辨認彼此的影子，如指南針失去作用。恰好走在他們附近的人也許都受到了驚嚇。他們忽然讓渴慕超越了理智，在地下鐵狹窄通道的中央如獵人和獵物那樣緊緊攫住對方，手掌匍匐伸進大衣裡，貼住冬天被包裹起來的蒸騰曲線，摸索著毛衣織紋，花紗洋裝層次，襯衫縐摺，錶帶缺口，手腕脈搏與拇指內側的繭。他們將臉埋進對方均濃密的頭髮中，終於真正地住進彼此的呼吸。他們無視於路人皺著眉頭的神情，他們是任何人都必須原諒的路障。他們放大了對方的一切因而感到暈眩，推拒著的，又好像是緊抓著；他們縮小了對方的一切，以為自己終於霧中捕捉住花朵，每一個細節都能完好收進夢境的抽屜。

愛情是靠近也是拉扯。是包容也是爭鬥。熱戀的初始戀人們就不斷揣想褪色過期是如何，幻想著如果表現得不那麼愛、或愛得慢一點，是不是可以延宕愛情死亡的來臨。它美好得超乎想像，可是也同時沒有想像中那樣美好。布希姬．紀侯（Brigitte Giraud）《愛情沒那麼美好》收錄十個故事。「當我們談論愛情」，十種時空人物樣態各異的愛情故事，他們似乎全都走向愛情的盡頭，如保險公司調查人員那樣拿出凸鏡，仔細地檢查這房子，這屍體，這愛情（死亡）案發現場的蛛絲馬跡，衡量著理賠的數目。是甚麼導致愛情的銷亡？你我是如何從不愛到愛，再到不愛？哪一頓晚餐出了錯？哪一句回答忽略了誰的心，哪一次沙塵暴就此遮蔽了你我的餐桌，讓生命變成一襲爬滿虱子的織錦？

《愛情沒那麼美好》談到了時間。時間是測量愛情的尺度。〈結束〉裡頭，清晰地展示了尚未走到盡頭的愛情，「妳的眼裡只有他。妳除了未來，一無所有，妳永生不死，妳有的是時間」，然而，當「妳評估、比較、解釋。妳把妳的時間分成不同的價值等級，妳千載難逢的男人變成妳的實驗品，妳考驗他，強迫他循規蹈矩，符合妳的期待，妳指定他的位置，指派給他角色」，關係還維持著，愛情結束了，我們稱這緊繃而又聊賴的狀態為生活。書中也談到了愛情的結束。結束並非纏綿告別，不一定是痛苦震顫，更可能，是荒謬。如何表述這結束，如何告知他人，尤其是家庭中的親密他人，例如孩子。於是，布希姬・紀侯在〈跟孩子們說〉這樣描繪，「爸爸媽媽無時不刻想討你們的歡心，你們將有兩個聖誕節和兩個生日，你們也將有兩個房間與兩部電視機。……（中略）……你們將眼睜睜地看著你們的生命如何鋪展開來，你們的地盤如何拓寬。你們將把一樣的情境活兩遍，你們既有權去海邊也有權到山上，你們上電影

輯五

江湖與世界

的惡意羅網。密室雖有起碼的安全感，卻與天光風聲、四時變化隔絕了，物資和消息都要經過傳遞與轉述。仍能寫作日記時的安妮，彷彿是戰爭倖存者，在黑洞裡謄寫自己的心，慶幸著尚能與家人共處，擔憂黑洞將被開啟，又幻想著戰爭結束、從黑洞返回人間好光景。可是，作為後世讀者的我們，知道他們後來被發現、逮捕，分送到不同的集中營，安妮在該集中營獲英軍解救的前一個月左右病逝。在死亡的前提認知下閱讀，讓《安妮日記》瀰漫著沼氣般的憂鬱。

過去，人們讀到的多半是「節／潔本」，關於安妮對母親的負面情緒反應，以及安妮在性方面的探索，保留很少。這一次，終於讀者們可以讀到相對上較為完整的版本，少女在生死壓力和密室生活裡逐漸長大，彆扭、掙扎，那是心拖曳的痕跡，是躲藏著的暗影，年深日久，終於在牆壁上拓印出自己。新的版本讓人們看見，《安妮日記》不僅僅是戰爭恐懼與種族清洗的見證，也關乎一名少女摸索成長的自我旅程，既是大時代，又是小敘述，是非常，也是日常。安妮的成長、對世界的夢想，換作承平時期，沒有什麼大不了，可是，放回她所處的時空，才知道那是多麼渺茫，多麼矜貴。

戰爭下的陰影，對於台灣讀者的閱讀視界，並非陌生題材。比如張愛玲經歷過香港和上海的日人佔領時期，戰爭在城市內外如火如荼。所以，這位天才女作家說，在這樣的時代裡，人們總意識到那「惘惘的威脅」——戰爭密雲籠罩，青春生死未卜。安妮的心情亦是如此。一九四四年三月二十九日，安妮寫著：「戰爭結束十年後，讀者讀到我們躲起來的猶太人的生活情景，吃些什麼，談些什麼，一定非常有趣。」

可是，那還是遠遠不夠。安妮知道日記裡無法完整呈現那些空襲時的恐懼、傳染病肆虐、買東西都要排隊、醫生不出診、竊賊四起，而且每個人都在挨餓。她想留在日記裡的，並非戰爭底下尋常生活全貌，而是她自身，就是她——這本日記的作者，在那緩慢冗長的歲月裡，想了什麼，做了什麼。

所以，在日記裡可以讀到安妮的溫度與思想，對密室裡其他共同生活者——對父親和姊姊的愛，對母親的情緒起落，對范．丹恩夫婦的觀察、對牙醫杜瑟爾的反感。尤其是，她和范．丹恩家的兒子彼得發展出不同的情感，啟動了她對愛情的感覺與思考，呼應了青春期身心的變化。《安妮日記》不僅是戰爭的，也是女性的，飽含控訴能量，卻也滿溢著生命過渡的患得患失，成長的幻滅與顫索。

一九四四年二月十六日的日記裡，安妮和彼得談話，分享未來的藍圖。彼得告訴她，戰後想去荷蘭東印度公司工作，住在橡膠園，還說「戰後他絕對不會讓人知道他是猶太人」，親密有時候不單單是分享夢幻，也分享黑暗。那暴力削減了他們的生存空間在少年內心埋的種子顯然很深。二月二十七日的日記裡，則提到自己與彼得差異並沒有表面看來那麼大，因為，他們的母親都不那麼合宜，沒辦法變成孩子的精神支柱，他們都屬於「對自己沒有把握」、「感情太容易受傷」、「藏起真正的自我」的那種人，緣於此，安妮煩惱著：「我們要如何才能終於心意相通呢？何時呢？不知道我還能繼續控制這分渴望多久。」即使居住在同樣的黑洞裡，每個人的心，卻也分別是一個密室，需要契機和勇氣才能打開門窗。

一九四四年三月六日的日記，「我們在一起就可以驅走我們的孤獨」，「我看到他就快樂，我們在一塊時如果有陽光，那就更快樂了」，「我內心越是安靜嚴肅，就要表現得越是吵鬧！誰會第一個發現我的弱點？」隔天的日記，安妮細數戰爭以來自身有何改變，她發現，從一九四三下半年開始，「我察覺自己渴望……一個男孩，不是女生朋友，而是一個男朋友。在我膚淺爽朗的外表底下，也發現了內在的幸福……現在我只為彼得而活，因為我未來所要面臨的事，絕大部分會因為他而有所不同。」愛情使人暫時脫離當下深淵，獲得騰空能力，更熱切地眺望未來，也更強烈感受到身體的存在，靠近的需要，血液的速度，同時，企求最軟弱處被看見，被觸摸，如同詩人陳育虹寫的：「融化的懸崖，你順勢／滑了下去。」

同樣描述二戰時期，德國小說家Uwe Timm的《咖哩香腸之誕生》，布綠克太太收留了逃兵布列門，他不能被人看見，等於是鎖在布綠克家，如同安妮的密室。相對的是，布綠克太太隱瞞戰爭結束的消息，繼續編造新的戰況，以求留住變成逃兵情人，而安妮一家，仍能藉著各種管道迂迴知曉外界情況，聆聽英軍的進展，想像戰線的增減。他們都活在幻影裡。布列門和安妮，最大的願望都是：「何時能夠走出密室、重拾普通生活？」在那密室裡，布列門擁有

郤誤入維特的墓地……

詩人鄭愁予曾在他膾炙人口的〈賦別〉，以悲哀的語調提起了維特：「紅與白揉藍於晚天　錯得多美麗／我不錯入金果的園林／郤誤入維特的墓地……」無論在西方或中文世界，維特已然成為為愛而死的少男象徵。

《少年維特的煩惱》第一個中文譯本，是一九二二年泰東書局出版，由當時約三十歲的郭沫若翻譯。出版後立刻引發閱讀風潮，在往後十四年中，由四家出版社共重印郭譯本達三十七版，可見其受歡迎的程度。

至今在兩岸三地，這本德國文豪歌德二十五歲時寫成的帶有自傳性質的小說，已經不知道被重新翻譯多少次了。儘管歌德後來寫出了境界更深遠、技巧更成熟的文學作品，這部分量不多的少作，卻始終最受年輕人喜愛，而且，它也讓歌德初嚐文學成名的滋味。

在二十世紀前半葉，仍處於文化震動與政治糾纏中的中國，情感熱烈奔放的維特，極易引起正陷入家國與個人難解苦悶中的青年們共鳴，雖然沒有晚清林紓翻譯《茶花女》時那樣「斷盡支那蕩子腸」，卻也讓許多浪漫心靈找到了認同的對象——這個對象雖然生活在十八世紀的德國，但是，他為愛情所激動，為社會成規所束縛，為難以明說的種種內在衝突所折磨，敏感的中國讀者們同樣可以領會，並且投射到自身所處的時空，視之為一種境外隱喻。轉到戰後台灣來看，抑鬱的文化政治環境中，各種西方思潮與文學藝術，也提供了文藝青年們向外看的窗口、得以喘息的空間；對於意中人，維特以戀物、半狂與自憐的方式進行，他在遺書中所寫：「我像孩子一樣，貪婪地捕捉妳這位聖者所觸摸過的一切物品！」這是愛情中人的終極展示，也意味著某種政治或者其他壓抑不住的強大力量，可以使人瘋狂，使人生死。

根據歌德晚年的文學自陳，之所以寫作《少年維特的煩惱》，是他在一位友人因為戀慕他人之妻、鬱悶難解而自殺後，受到了很大影響，經過了一段時間的沉思與默想，決定把自己遭受類似痛苦的一段經驗，綜合自殺友人的生命歷程，加以文學處理而產生的。這部小說以日記體為主，這種體裁對於坦白內心糾纏極為便利；日記本是私人之物，記載著最為幽微的心思，在小說中卻成為暴露主角內在情緒的利器。另外又穿插著另一位全知敘述者的聲音，使其出入於夏綠蒂等其他角色內心，補充說明事件發展周邊，讓讀者閱讀此一悲劇時能夠透視主角心靈內外，同時採取遠距與近距來觀看。

《少年維特的煩惱》故事本身並不複雜，維特愛上已經訂了婚的夏綠蒂，卻又和夏綠蒂的弟妹以及未婚夫等人成為朋友，他只能透過與群體往來的方式逐漸累積與意中人的友誼，以免招致閒話。在維特看來，他自身和夏綠蒂的未婚夫阿爾貝特，正是兩種對立的類型——前者熱情、纖細，易於為大自然、激越和美麗的事物所感動，後者則奉理性為處世立身之圭臬，強調秩序、責任等等，兩人為此曾有一次爭執。在維特的日記中曾經記載，朋友和母親都希望他去謀一個工作，他卻認為：「我現在不也有事可做嗎？我究竟數的是豌豆還是扁豆，本質上不都是同一回事嗎？世上的一切都將歸於虛無，若誰是為了他人、為了金錢或者功名而疲於奔命，而非出於自己的熱情、需求，那他一定是個傻瓜。」在他看來，出於個人的情感而去追求的才是真實，對他的情敵阿爾貝特來說，則是：「一個被其激情所左右的人已經喪失了思考能力，可以把他當成醉漢或者瘋子看待。」維特聽後則諷刺地回敬：「唉，你們這些有理性的人啊！」

事實上，歌德所處的時代，整個社會正是風雨欲來，年輕人對於僵硬的社會成規早有反叛的願望，維特的形象和遭遇，猶如為他們開啟了一條洩洪道，那些浪漫的想像、對自由的需求，一下子都被喚醒了。《少年維特的煩惱》很快席捲了歐洲，是第一部實際在國際間發生影響的德語文學作品，甚至促成了西歐浪漫主義的興起，引發了傷感主義和狂飆突進文學運動。

除了愛情，《少年維特的煩惱》中也可以看到當時社會的保守，加諸在維特身上的壓力。維特如同歌德本人，並非出身自貴族階級，而是後來致富的市民階層；新興市民階層並非都是暴發毫無教養之輩，即使擁有財富與學識，在十八世紀的社交圈中，仍然會遭到貴族輕視——即使許多貴族早都沒有了和身分相匹配的財產，除了祖宗家譜和階級外沒有其他保護。維特到外地就職，在某伯爵宴會中，由於他的市民身分，使得前來赴宴的一批高傲貴族心生不滿，平日器重他的伯爵不得不請他離開。

維特自尊受到傷害，辭職回到有夏綠蒂的城市去，想獲得友愛，重溫往日，卻使得他對夏綠蒂的愛更無法自拔。在受到種種規範宰制的現世生活中，唯有這無從消解的愛情，讓維特的心靈同時受到鞭笞與撫慰，唯有男女之愛。這段禁忌之愛，使他在夾縫中稍稍獲得一點悽慘的快樂。而這快樂需要付出代價。已婚的夏綠蒂也覺察到自身情感受到維特的影響，她不願意或沒有勇氣破壞原先的生活秩序，只好要求維特克制自己——激情與自由的受限意味著這椿戀愛終將徒勞，最後維特以自殺來獲取永恆的平靜——或者說，用以證明：生的時刻裡，我沒有決定愛的權利，然而我有決定死的權利，我有決定身體的消亡並賦予意義的權利。

現實中，歌德和作為《少年維特的煩惱》女主角原型的夏綠蒂・布芙認識於威茲勒，當時，歌德是作為法學學習的候補官員來到這座城市的。據說，晚年時夏綠蒂·布芙曾經帶了自己的女兒去拜訪擔任大臣的歌德，那時兩人都已六十幾歲了，可是歌德除了慰問家常之外，並沒有其他的表示。少年時代的失意與激情，或將隨時間而淡去，成為昨日朦朧的窗景，但是已然成為文學長廊重要風景的夏綠蒂和維特，卻是從歌德生命中誕生而又超越了他，活在每一代青年心中了。

殘餘物正燃燒

也許這比較並不恰當，僅僅是在我有限閱讀裡剛好跳出來——金英夏《我有破壞自己的權利》正是與艾莉絲．孟若筆下的庸常世界相反的小說。孟若擅長表現普通生活裡沉澱的傷害與恐怖，平淡裡見力道；而在金英夏這部書裡，則一開始就安排了喪禮與性愛的強烈對比，幾個人物包括帶有自我放逐意味的計程車司機、受欺壓的妓女、瀕臨癲狂與自戀的藝術家，他們的關係往往是通過異常的愛欲活動來展現，而愛欲的場域可能是身體，可能是鏡頭，彷彿彼此流通著黑色體液似的連通成網絡。

根據研究者介紹，金英夏的小說替韓國當代文學開展了新時代；韓國受儒教影響深厚，道德倫理觀當然受到制約，《我有破壞自己的權利》尖銳地以性與自殺為主題，帶來很大衝擊。以性作為突破口——這在台灣文壇也可以看到類似現象，例如李昂的小說；而自殺作為對虛偽現實的最大質疑，陳映真小說裡也屢見。換言之，一九九六年誕生的這部小說，在二十幾年後才被翻譯到台灣，題材本身的震撼性已經不大；也正因為如此，或許能免受題材的少見性遮蔽，直探金英夏小說深度。

《我有破壞自己的權利》裡說，積雪融去、春天到來的時刻，以前的農民們可以衝出瓦房，到山間放火，「然而在當今時代，誰也不能舉行這樣的狂歡節。誰也不能僅僅因為無聊的冬天過去了而放火。現在，人們只能燃燒自己了」。

燒完了就剩下灰，灰一般柔滑的疲倦，一吹就走形。小說裡的女人，世妍，美美，奧地利美術館邂逅的香港女子，向男人懷裡傾倒過去的模樣像一大叢被砍下的枯枝。世妍在家中感受雙親之間的暴力，到學校去也遭暴力以對，賣笑時不管笑或不笑都像對於顧客的嘲笑，因此又被施加暴力；香港女子擔當過人體模特兒時，身上黏滿紙片，揭露不同部位，要付出不同價格，徹底商品化的身體等於不屬於自己；美美的初次性經驗對象是高中教師，教師妻子找上門時態度非常冷漠，反而美美像是得證明自己的存在似的大吼大叫，最後教師和妻子離婚了，所有人都怪罪美美。

這些女人們遭人以殘餘物對待，才真正變成了殘餘物；她們的性愛都像消耗生命，挑撥這有為的世界。死亡似乎是唯一的自由了，但是，還需要有人伸手推一把。因此，她們委託小說裡的說故事人——自殺嚮導——指引走向死亡。然而，嚮導卻以美來形容這些死亡，金英夏自己給出評論，這是「自戀主義者的虛偽意識」。

自殺嚮導，這行業聽起來似乎很奇妙，在小說問世幾年後，還真在日本韓國都出現了。就這個意義上，小說的奇想也具有預言性質；奇想不一定是架空的，而是根據社會與人類心靈的現狀做的超時、超速想像。嚮導同時也是小說家，把自殺嚮導過程寫成小說，那麼這小說算是自白書嗎？誰的自白書？嚮導抑或自殺者的？計程車司機，也就是弟弟Ｋ，以及藝術家，也就是哥哥Ｃ，他們在死亡航線圖中的位置又是什麼？Ｋ和Ｃ算倖存者嗎，死亡陰翳是否也曾籠罩過他們？誘惑過他們？

影像藝術工作者C要求錄製美美的行動藝術演出。他深受美美吸引，因為她與世妍相似，美麗、無謂中散發腐朽氣。世妍曾被C比擬成克林姆（Gustav Klimt）筆下的朱迪絲，歡愛過後砍下男人腦袋，臉上酡紅未褪，那是性愛的激情還是死亡的激情？臉孔微微後仰，陶醉中有蔑視。美美厭惡被鏡頭注視，卻又像試驗自己似的答應了C的要求。錄製結束後，美美想索討回那些影像，C試著說服她：「那裡的人物不是妳，而是經過加工的作品。」這解釋卻讓美美明白了一切，她直截給出宣判：「……你更迷戀錄影帶裡面的我，而不是現實生活中的我。是啊，這是沒有危險也沒有痛苦的事情。你說的對，畫面上的我其實並不是我，那是你。」

如果想避免受傷，把對象轉錄成自我的投影即可，一切都可以被強大自戀所吸納，然而這不過是膽怯心靈撒出的煙霧彈，C始終無法縮短與世界之間的距離，換言之，他不具備愛的能力。他只能愛沒有回報能力，當然也不具備傷害他的能力的物件，例如蝴蝶標本，以昆蟲針貫穿絕美事物，單向享受捕獲的快感。渴愛的弟弟K曾故意燒掉標本，引發火災，以為可以同時燒掉C的外殼，然而哥哥只呼喊著蝴蝶而痛哭。是不是從那個時候開始，K也變成了C的殘餘物呢？

書中引用三幅畫作擔任小說關鍵，畫作固然都與死亡有關，卻也同時和迷醉、性愛、疲倦共存。最後一幅畫，德拉克洛瓦（Eugène Delacroix）《薩達那帕勒斯之死》裡，國王遠遠退於陰影中凝視一切殺戮，是自殺嚮導者的某個化身嗎？嚮導者不介入太深，避免留下指紋與精子（委託人有時候會要求上床），只是綁上線索，偶爾拉一拉，暗示方向，最後又放掉線索，因為委託人已經做好死亡的準備了——密室瓦斯或澡盆熱水——漂浮，然後下墜，下墜，結束。

回頭再看看K，他曾伸手救援世妍，和賣笑女子建立關係的起點也是性，也許K自認與世妍的性，和其他男人與世妍的性不同？然而這身體上最深切的接觸，並沒有接住已成殘餘物的女人。C想錄製下美美的藝術行動，他感受到下陷的危險（也許是死神或愛神的召喚），最後，影像卻把美美轉譯成無關她自身之物了，C是不是藉此逃脫了呢？逃脫之人不單單C而已，那位嚮導，以旁觀拉開距離，對陷入事物之中也感到恐懼吧？嚮導者／小說家垂釣故事，如冥河的擺渡者。

《我有破壞自己的權利》對我來說，充滿了不快與疑問，這也構成了它的魅力。小說人物往往處於逃亡的路上，不管那路途是向內或向外。商禽〈逃亡的天空〉也許可以作為他們的頌歌——

死者的臉是無人一見的沼澤
荒原中的沼澤是部份天空的逃亡
遁走的天空是滿溢的玫瑰
溢出的玫瑰是不曾降落的雪
未降的雪是脈管中的眼淚
升起來的淚是被撥弄的琴弦
撥弄中的琴弦是燃燒著的心
焚化了的心是沼澤的荒原

哀樂中年，晚期風格

在書信往返中，人們自我定義或扮演，吐露情感期望，深描關係，可見到雙方情誼的鬆緊、進退。若涉及出版，則又有編輯、補遺、作註等，例如魯迅與許廣平《兩地書》，經與原信比對，即發現許多差異，改了什麼，刪了什麼，又是誰的主張，背後意義大有可追尋處。

大陸民國時期，即有作家自覺性地編輯出版與友人談文論藝的書信集。作家辭世後，親友整理書信出版，認為有助於瞭解與研究，也所在多有。更別說所謂書信體小說，利用書信的真實感與窺視性，尤其適合祕密之揭露，多向通信如 *Pierre Choderlos de Laclos*《危險關係》裡書信交織顯現的情欲網絡，或單向如Stefan Zweig（褚威格）《一個陌生女子的來信》的優美與惆悵。

張愛玲可說是華文世界最著名、影響層面最廣泛的作家之一，其各式細微資料不斷被挖掘，「張學」規模可與「魯學」比肩。魯迅在仙台醫專的成績單竟可以google找到（很遺憾成績都不是太好，藤野先生確實沒有包庇），張愛玲在St. Mary's Hall或港大的成績單，應該也早已被調閱過了，更何況大量的通信。

《張愛玲給我的信件》出版，可以佐證性格、補充歷史，使我們更瞭解她的創作與生活。如同張愛玲向夏志清透露的，她拿到《夏濟安日記》一書，立即狼吞虎嚥了幾頁，因為她最愛看真人真事。我們在她和其他人的長期通信裡，看見的也是同樣的東西。這和胡蘭成《今生今世》裡塑造的張愛玲，或〈天才夢〉、〈私語〉之類自述文章裡浮現的張愛玲，都很不同；一方面是因為寫自己而並未預備公開，較無防備，另一方面，則是因為她與夏志清、宋淇夫婦、莊信正書信往來期間，是中年了，加上顛沛過好一段時間，有其較富於人情味、較成熟、時有自省的一面。

再者，夏志清在漢學界裡地位重要，交游亦廣，張愛玲昔時亦在同一個圈子裡打轉，他們對於那些治古今思想或小說的漢學家也頗有些評議，涉及著名學者如 Benjamin Schwartz（史華慈）、Andrew H. Plaks（浦安迪）等，如對於後者，張在一九七九年九月五日內的信說「Plaks的理論固然是最典型的洋人故弄玄虛，但是是個潮流」云云。夏志清為他與張的通信做了相當多補充，裡面除了闡明本事，同時也凸顯了夏本人的性格與若干生活，很有看頭，連婚外戀愛也大膽寫出。甚至可以說，信件與補充一同出版，我們是同時讀到了兩個名人的生活與思想。

同時，夏的研究富於開創性，對於中國古典小說、晚清民初小說乃至現代小說，有一貫的、通盤的瞭解，張愛玲早說過她認為自己是屬於《紅樓夢》、《海上花列傳》這一寫實小說的脈絡，反而和西方的東西較不搭軋。因此，張愛玲自身及其承襲的傳統，正是夏志清最了解的部分。而她繙譯海上花的辛苦、做《紅樓夢》考證時的快樂與沉湎，同樣在通信中可以讀到。

張的後半生時常為生計所苦。由於學歷不足，大學根本沒畢業，在美國擔任繙譯工作、教書、申請經費，得到的報酬不高，或者受阻，給夏志清的信件中都曾抱怨。另外，像是張迷也熟悉的，唐文標拚命蒐集張的舊作、張愛玲與陳世驤間的誤會、晚年的蟲患等，也數度涉及。而與她接洽過的出版人，比如大地出版社的姚宜瑛，她不接受的很大原因是認為彼此性格不合，姚太過熱情；之所以能和皇冠出版社長期往來，則是她在一九七五年一月二十九日信中說的：「我對出版人只要他業務化，所以一直對平鑫濤沒有感到不滿。」在信件裡，時常可以看到張為人際關係苦惱，若希望盡量減少糾葛，也不難理解。

至於研究者最關心的寫作問題，《十八春》的改寫等等，都可以在通信中見到蹤跡。一九六六年十月二日：「在大陸曾寫potboiler《十八春》在小報連載後出過單行本」，謙稱這是為餬口而寫，隔日的信又補充，「最末五十頁需刪改」、「如向平提起，可說是故事性強的多角戀愛故事，以一九四幾年的上海南京為背景，無政治性」，為餬口而寫，當然需要顧及當時普遍的文化政治空氣，《十八春》結尾大家都去了東北，但是這並非張愛玲喜歡的小說形貌，她喜歡的是Graham Greene（格雷安．葛林）說的「通常的人生的迴聲」，她已經預備改寫，所以才強調這是沒有政治性的。

信件中數次透露出〈五四遺事〉不那麼受研究者或者出版者的喜愛。一九六六年十一月四日：「我小時候受母親與姑姑的privacy cult影響，對熟人毫無好奇心，無論聽見什麼也從來不覺得奇怪，『總有他（或她）的理由。』」《小團圓》也寫過，九莉被母親訓練得毫無好奇心，蕊秋談到前夫（即九莉父親）拆別人的信，口氣鄙夷，後來之雍翻九莉抽屜，也令她嫌惡。同一封信又說：「（按：指胡蘭成）後來來過許多信，我要是回信勢必『出惡聲』。」不回信，卻在《小團圓》回覆了這段民國愛情公案，寫盡愛與欲、個人與戰爭的張弛，張曾說寫這部小說不是為了復仇，而且「寫到自己也很不客氣」（張致宋淇信），裡頭的愛全都是痛苦的，可是張說「我想表達出愛情的萬轉千迴，完全幻滅了以後也還有點什麼東西在」。今日從《小團圓》回望，才可發現，不那麼受重視的〈五四遺事〉，其實是《小》的先聲，以才子佳人小說三美團圓公式當作反喻，先出之以諷刺滑稽，至此長篇力作，方出之以沉痛，這些都與豪華張揚的早年作品相去甚遠，是祖師奶奶從中年就開始鍛鍊的晚期風格。

江湖：忌妒、癡迷與仇恨的世界

金庸（一九二四—二〇一八）揮手自茲去，相當高齡，因此他去世並不讓人意外。一夜之間社群媒體同溫層全是悼念文。過去哪個名人去世，一旦引起悼念熱潮，難免被酸為趕流行，不貼點什麼就等於不關心（那個名人代表的）某某議題、未深入（那個名人代表的）某某領域堂奧。金庸倒沒這個問題，至少到我這個世代為止，他的武俠小說確實普遍地深入到雅俗讀者之間，加上影視與遊戲的力量，那真是人人心中存著一本金庸帳，人人都能說出和金庸的瓜葛。

武俠小說情節與人物鮮明，刺激又帶懸念，金庸所著，尤其常被拿來當政治隱喻用，這當然是因為江湖即政治，而政治隱喻也是金庸武俠內核之一。神龍教影射共產黨，金庸本人曾證實過的；日月神教口號綿延呼喊、星宿派近乎搞笑的語言媚術，也使人聯想權數及政治。讀《天龍八部》時，看到喬峰的契丹人身分居然殺傷力這麼大，委實不可思議：以血統釐訂價值、以出身論斷善惡！但這又何嘗不是當代政治運動裡的真實？然而，金庸本人的政治態度、政治作為，卻也忽焉在此忽焉在彼，十分飄忽，香港人肯定感受更為深刻。

把金庸讀完，是小學五、六年級。寒暑假我媽都把我扔在高雄青年書局一下午，金庸看完看古龍，古龍看完看倪匡，連倪匡也看完那就旁邊的諸葛青雲上官鼎獨孤紅一股腦吸收。奇怪的是梁羽生也一排在書架上，我卻完全沒讀。對世界觀還非常單純的小孩來說，第一次讀金庸，最震撼的人物非岳不羣莫屬。一個人怎麼可以又扮恩師又害學生、又是君子又是奸人，女兒、門徒、妻子、朋友、仇人，都可以是他的工具。左冷禪囑弟子偽裝，帶藝投師到華山派門下，為的是偷取門派祕密。誰知道岳不羣險詐程度還更高一籌，早識破此事，反而故意讓該弟子到手錯誤的武俠祕笈，致使左冷禪雙目失明；失明後，他並未怪罪弟子，可見還比岳不羣仁慈一點。

記得大學時代很熱衷聽學術討論會，也聽過金庸主題的，居然有學者寫了文章討論黃蓉和小龍女誰比較美。當時我年紀小，在台下嗤笑：不美怎能當女主角？功夫太差，怎能當男主角？不過，金庸確實在作品裡嘗試打破定規：韋小寶功夫夠差了，程靈素並不光艷；他們成為主角，我們也都接受了，因為韋小寶儘管油滑，仍具肝膽高義，程靈素儘管不美，仍為愛人付出一切。看似違背定規的角色，依舊符合武俠小說的核心精神，他們表現的面向，也依舊符合性別範式。

金庸曾表示，他小說裡女性角色與男性角色必定區分開來，對男人女性化或女人男性化無法接受。女人如果能像香香公主最好，美麗貞潔，呆萌與深情兼具，根本男人幻想極致；男人的極致呢，可能是蕭峰，豪邁、忠義、癡情，最後一死以報各種擺不平的生命恩怨，沉痛裡仍帶有瀟灑。因此，徐克拍《笑傲江湖》，將不男不女的東方不敗塑造得如此富有魅力，金庸頗為不喜。小說裡描寫東方不敗、岳不羣、林平之，不能忍受變態武俠祕笈的誘引，揮刀自宮，聲音拔尖，東方不敗更轉性愛上男人，外貌與性情均大變，不再具備陽剛氣概，因此任盈盈罵岳不羣是「不男不女」、「失卻常性」、「人不像人，鬼不像鬼」。不過，文本既已成形，詮釋上不再是作者的私產，電影版《笑傲江湖》反倒成為當代性別越界展演的典範與資源。

不過，金庸並不完全守舊，他其實意識到愛國論述、忠奸論述裡的縫隙，也嘲弄某些男性角色在情感上的軟弱。例如張無忌，傾聽不到自己心裡的聲音，眾美在前，選擇困難，就安慰自己匈奴未破何以為家。再看看陳家洛，一出場何等英偉，結果是個腦包，奉獻少女愛人香香公主給哥哥，以謀求漢人前途——這才不是不愛江山愛美人，而是拿美人換江山，既不尊重美人，也輕視了江山。還有韋小寶與康熙、反清復明組織天之間的三角關係如此難解，他該忠於哪一邊？康熙也有此困惑：從異族入主的角度來看，是否再怎麼勤政愛民，仍永遠比不上荒唐的前朝漢人皇帝呢？無論如何，韋小寶的輕薄、謊言與笑聲，在板起面孔的國族論述前，反而更貼近人性。

一部分金庸小說可當成長小說看。從主角童、少時期敘起，無論是落難後為豪俠高人收為徒弟，或在山嶺海島之上成長而從未體會紅塵滋味，總歸是要下山去瞧瞧的。江湖豪情當然令人嚮往，少年男女初闖蕩，無不天真浪漫，以為將大展身手，鋤強濟弱；然後遇見壞人，或遇見喬裝成好人的壞人，或遇見看似怪人其實是好人，自稱惡人的往往不怎麼惡（四大惡人可是有情有義），綽號一副仁義派頭的可能包藏禍心（想想那個甘霖惠七省）。逐步擲破幻想，認識人的忌妒、癡迷、仇恨所鑿出的江湖，少年也有了點風霜，但師父、美人、朋友，總能維繫你我心頭熱情，重新校準生命價值。

各種意義上的格差戀，即是情與義的試煉，有助於提升讀者興味。如身分地位差異，千金小姐李沅芷與幫派分子余魚同，如種族對立，蒙古郡主趙敏與漢人明教教主張無忌，如正邪對立，天鷹教殷素素與武當派張翠山。小說裡對於癡情之人也設置補償，余魚同得到李沅芷以縫合在駱冰那邊的失落，遭楊逍奪妻的殷梨亭竟娶了楊不悔，連偶然出軌卻終身難忘的馬春花，死前都能得到與薄情愛人面貌相像的陳家洛給予幻覺安慰。金庸一方面將江湖複雜化，人與人之間的信賴備受考驗；另一方面，又給予讀者各種投射、彌補的可能。

二十歲出頭，有次跟當時男友吵架，他忽然福至心靈：「你們女生，每個都以為自己黃蓉，以為自己趙敏，以為自己程靈素，告訴你，我認為你們每個都是溫青青，神經病，不可理喻，問到底為什麼生氣，只會說你自己難道不知道嗎就不理人了，我就不知道啊。」現在想來，絕少進入金庸粉絲最愛女角前三的溫青青，角色塑造顯然頗為成功，竟成為一個苦惱青年概括描述所有女性的樣板！

向亡靈賒取

約翰．伯格（John Berger, 1926-2017）去世。他對於觀看與攝影的析論影響世界甚深，我亦深受啟發。見到網上有人批評，說一九七二年首先以電視系列節目方式面世的《觀看的方式》（*Ways of Seeing*）的說法沒什麼了不起，都是常識——對，假使那些確實已經變成常識，那只能表示伯格的銳利觀點是如何刺穿堅冰，深入這紛紜的視覺與意識形態的岩層，終至於在一代又一代的閱讀、吸收、利用與再發揮裡，變成了我們觀看世界的普通方式。我們是站在伯格肩膀上往前看，所以離銀河近了一些。

同時我非常喜歡他的散文。最喜歡《我們在此相遇》（*Here is Where We*

Meet），詩一般的回憶錄，飄浮於時間密林裡的螢光。如〈死者記憶的幾種水果〉這一章，水果是核心，凝聚出雲團，以高密度詩手法，把私密經驗的情感強度揭示出來，記憶小若沉澱在魚鰓裡的塑膠微粒，轟轟若彗星，對讀者來說則像是密林行走忽然被霰彈擊中。我在他那裡發現了對於抒情的堅實信心。

賤斥抒情者以為那只是一種美肌模式（做得太差者，確實如此，但是只能看到這種差的，層次也高不到哪裡去），把人平板化，將陰影推開。其實抒情應當是〈里斯本〉裡與母親亡靈共在的城市，風中捕捉游絲，雖死猶生，是一再預演的親密爭執的回音，半脫落沿途卡蕩的鞋底，無意識反覆撕開一點點的指緣死皮。里斯本充滿著難以言喻的感覺，老人們將之稱為saudade，一般譯為鄉愁，但是伯格說，不，鄉愁是可讓人沉浸的，「這城市飽受狂風吹襲，一直以來這兒的風都太多了，多到鄉愁無法停駐」。他回憶起母親常說「太遲了」，不這句話像預設了一道時間柵欄，太遲了，有些東西能挽回，有些則越界了，不屬於此端，變成了彼岸之花，或沙礫——亦即亡者的世界。

同書裡另一篇文章，〈日內瓦〉，伯格把波赫士（Jorge Luis Borges, 1899-

1986）當作是一位檔案收集者。什麼力量驅使他呢？是想像力。「孜孜不停地收集著被擱在一旁的物件、被撕碎的內情筆記，以及誤植錯置的破碎文字。他最偉大的詩作，正是這類收集的品項目錄」，因此，他在題獻給情人的書前語說，「這個題詞包含了薄暮之光，奈良之鹿，孤獨之夜和稠密之晨，分享之島，海洋，沙漠，花園，忘卻湮沒和記憶扭曲的種種，伊斯蘭宣禮人的高亢呼聲，霍克伍德之死，一些書和版畫」（出自《密謀》），細節們儲存著宛若巴別塔圖書館，靜靜發酵，循情感才能解釋的邏輯形成私人目錄。事實上，《我們在此相遇》何嘗不能視為伯格的檔案街？波赫士曾寫過〈沙之書〉，「這本書的頁碼是無窮盡的。沒有首頁，也沒有末頁」，因此，「仔細瞧瞧。以後再也看不到了」，看似狂想，其實就是記憶檔案的實相，無論是否打開檔案櫃檢索提取，它們總在流變之中。

向幽靈說話，對檔案著迷，看來似乎與伯格在形容自己與愛人的差異時所說「貴族氣的莉茲從過去借貸，而我，則從革命性的未來賒取」（〈浚河與清河〉）相反，不過，抒情寫作本身就是向亡靈那一側賒取，朝著那不斷流動伸展、活生生的柵欄那一邊的冥界開放，才成其為可能。這與他在《留住一切親愛的》（*Hold Everything Dear*）裡的頭篇〈死者經濟學十二論〉相通，「生者將死者簡化為曾經活過的人；然而，死者早已把生存涵括在自身的大集體中」，「只要活過，死者就不可能是無生命的」，那生命就是隨著死者的增加而不斷擴大的記憶，令生者與死者相互倚賴。當前世界如此不安，傾斜，伯格說，因為現代的自我主義出現了，「生者只把死者當作被淘汰的人」，互相滋養的共同體於焉破裂。記憶與「革命性的未來」，看來相反，其實相成。

伯格使人尊敬之處，正在於他的行動綱領是以上述認識為基礎，〈渴求當下〉裡他不同意把一切追求自由與正義的抗爭都稱為「運動」，此一命名意味著非成即敗，「忽略了無數的個人選擇、遭遇、啟迪、新的欲望、悲痛，和最終的，記憶」，這些自「運動」中產生的情感，非常個人，且偶然，卻是永恆，「沒有任何歷史『結果』可以比擬，它們有如不斷擴張的宇宙中的點點繁星」。他的說法能和蘇珊．桑塔格（Susan Sontag, 1933-2004）鄭重聲明過的並置，作家乃是堅守個人視域的象徵，甚至在某種層面上，都可以和董啟章〈必要的沉默〉並看：怎樣理解無窮生發存在的個人性（與伯格先前譴責的現代自我主義不同），以及這些繁星般個人性鋪展而成的浩大銀河，和怎樣理解語言，怎樣理解沉默。行動才有自由，然而，對如何行動的單一要求與單一想像，可能反過來成為牢籠。

此一觀點在《班托的素描簿》也能看到。此書以斯賓諾莎《倫理學》為註腳，組織文字和素描組成的記憶檔案，成為旋轉、沖刷、阻滯又分合的水流。當提及他的第一位出版商艾哈德，來自東德，他們相遇在廢墟般的一九五〇年代初，共同追隨布萊希特（Bertolt Brecht, 1898-1956），視之為「自行挑選的叔父」，在政治與藝術上共具靈犀；艾哈德使伯格想起珂勒惠支（Kaethe Kollwitz, 1867-1945，魯迅也喜愛的木刻家），「分擔著歷史的痛苦」，懷抱正義與憐憫。伯格在他們身上看見「人」之所以為「人」——「能感受到自己屬於『已經過去的』和『尚未到來的』」——亦即看見歷史。

伯格極為注重不同元素在同一場景裡的相互作用，即是為了避免簡化。歷史不可能是簡化的，它容納了那麼多亡靈與生者。簡化似乎可以讓陳述在表面上變得有力，卻褫奪了文學與批判的權能。我認為抒情的力量也展現在這些不願使之簡化的時刻。《班托的素描簿》裡另有一篇，從「偷竊」角度來描述低價折扣超市，購物者的偷竊、員工的偷竊、公司安排假顧客偷竊以測試員工敏感度、員工無薪加班與不允許請假等同偷竊員工權利，以及，與全球食品零售相關的農產企業如何偷走了土地上農人們的權利，使得農業景觀與食物內容變得單調、從而控制了人們的生活型態，而與這一連串緊密扣連的「偷竊」並存的，是一位波蘭孕婦在結帳隊伍中看見了認識的人而自然浮現的笑容，那笑容具備輻射力，是無法預測的快樂，「包含了被遺忘的許多承諾」。他並未強行聯繫解釋龐然的「偷竊」系統與孕婦的笑容，但是讀者可以察覺，他對於巨大隱藏的惡的痛惡，與對微小的善的信心。

伯格從不願意使想像力退位。現實與感覺密切相關，要能精緻描繪感覺，詩是最經濟而深刻的，在他的散文裡，詩的能力化為不時閃現的妙喻，提供給文學讀者莫大快感。像是「那是個銀色的笑容，就像一小注水流注進一只雕刻精細的紅堡古甕」、「桌上的這些鴿子，宛如被帶回地面的一塊塊天空樣本」，

後記

「怎麼平衡寫作和工作？」這是在公開場合裡我最常遇到的問題。我想其他同時擔任專職的寫作者一定也遇過，不知道大家怎麼回答。我的回答永遠是：「無法平衡。」

潘・休斯頓（Pam Houston）是個小說家，同時在大學教書，且創辦非營利寫作組織。當讀者詢問是否能夠同時善盡母職而又發展事業，她說：「沒人可以擁有一切，就連川普也不能。根據你做出的選擇，你會擁有這個或那個。也有一種可能是魚與熊掌兼得，但兩樣東西的份量都有限……。俗話說得好，愛不是吃完就沒了的餡餅，愛是無窮無盡的。但還有句實話是：我們每天只有二十四小時。」[1]

被標記為詩人的我，想把書教好、把貓養好、把戀愛談好，在不寫詩、少寫詩的幾年裡，文學退到人生序列最後面了嗎？我想並非如此。教職確實很可能掉入重複而導致的疲態，幸好學生千變萬化，幸好我總是這麼不耐煩，想要在重複中盡量做出改變與嘗試，幸好文學總是這麼瘋，這麼強悍，給我森林、洞穴和飛氈。文學少女轉眼中年，以為趨緩趨靜，但是背靠著的牆突然擊破，露出多年前埋的黑貓——怎麼跑到愛倫坡房間去了，不是的，從牆洞看出去，灰色唏溜溜的大風，捲起無數廢物與棄物。某些時刻裡，以為也將捲入成為廢物與棄物。然而，這些字，這些書，還是接住了我。

我記得我寫的第一篇書序，是鯨向海第一本詩集《通緝犯》。二十一年以前的事了，是否我已像李歐納．柯恩所寫，「我太老／記不住新的殺手／的名字」？而我真正開始受書神眷顧，先睹為快，以有限的字試著說出這本書那本書包藏何種閃電，或許是近十年來的佳遇。

序為書服務，現在整理成《以脆弱冶金》，變成書的主角，自有另一種底定之感。考量到篇幅與歸類，裡頭只收入我寫過序文的一部分，並添入幾篇書評。容我再引用柯恩詩句，「祝我幸運／總司令／我已經很久／沒有做完任何事」。[2]謝謝編輯瓊如妥善對付我的拖延症，答應替序之書寫序、宛如兄弟姊妹的房慧真和陳栢青，讓這一切可以完成。

1 潘・休斯頓的話出自《為什麼我們不想生》，梅根・達姆（Meghan Daum）主編，于是譯。

2 本文引用柯恩（Leonard Cohen）詩句，原句為I am too old / to learn the name / of the new killers，wish me lucky / admiral / I haven't finished anything / in a long time，均出自《渴望之書》，中譯均為尉遲秀。

國家圖書館出版品預行編目(CIP)資料

以脆弱冶金：楊佳嫻私房閱讀集/楊佳嫻著. -- 初版.
-- 臺北市：遠流出版事業股份有限公司, 2023.06
面；　公分

ISBN 978-626-361-059-0(平裝)

863.55　　　　112004321

以脆弱冶金

楊佳嫻私房閱讀集

作　　者｜楊佳嫻

副總編輯｜陳瓊如
校　　對｜魏秋綢
封面設計｜朱疋
內文排版｜宸遠彩藝有限公司

發 行 人｜王榮文
出版發行｜遠流出版事業股份有限公司
地　　址｜104005台北市中山北路一段11號13樓
客服電話｜02-2571-0297
傳　　真｜02-2571-0197
郵　　撥｜0189456-1
著作權顧問｜蕭雄淋律師
初版一刷｜2023年06月01日
ISBN｜978-626-361-059-0
定　　價｜新台幣380元

YLib 遠流博識網
http://www.ylib.com
Email: ylib@ylib.com